일주일의 세계

김미월

일주일의 세계

김미월

소설

PIN

035

차례

PIN

035

일주일의 세계

김미월

월요일이었어요. 저는 종로 한복판 횡단보도 앞에 서 있었습니다. 여느 때와 별다를 것 없는 출근길 아침이었지요. 알람 소리에 눈떠서 샤워하고, 사과와 바나나와 케일을 갈아 만든 주스를 마시고, 일기예보에서 오늘 날씨는 맑지만 기온은 여전히 영하임을 확인하고, 그에 맞게 두툼한 점퍼를 입고 지하철을 탔다가, 회사에서 가까운 종각역에 막 내린 참이었습니다. 평소와 다른 점이 있다면 아침부터 휴대폰 찾아 온 집 안을 헤매느라 시간이 지체되어 젖은 머리카락을 미처 말리지 못했다는 것뿐이었어요.

지하철을 타고 있을 때는 몰랐는데 역에서 내려 회사 쪽으로 걸어가는 10여 분 동안 저는 어쩐지 머리끝이 쭈뼛해지는 느낌을 받았습니다. 그래서 횡단보도 앞에서 보행신호를 기다리느라 잠시 걸음을 멈추었을 때 장갑을 벗고 맨손으로 머리카락을 만져보았어요. 그것은 손가락이 들어가지 않을 정도로 단단히 뭉친 채 얼어붙어 있었습니다. 손에 힘을 주자 부러질 것처럼 직각으로 툭툭 꺾였지요. 그러니까 제 머리카락은 집에서 지하철역까지 걸어갈 때는 얼었다가, 따뜻한 지하철 안에 있을 때는 녹았다가, 하차해서 회사까지 걸어가는 동안 다시 얼었다가, 그렇게 용대리 황태 덕장의 황태처럼 얼고 녹고를 반복했던 거예요. 그게 어처구니없기도 하고 우습기도 해서 저는 피식거리면서 머리카락을 요리조리 꺾어보고 있었습니다.

　그러다가 갑자기 머리가 한쪽으로 확 꺾이면서 앞으로 고꾸라질 뻔했습니다. 무슨 일인가 알아차릴 새도 없이 머리가 다시 반대쪽으로 세차게 꺾였어요. 뒷머리에 극심한 통증을 느끼며 반사적으로 몸을 돌렸습니다. 코와 입을 잿빛 털목도리로 싸매고 눈만 내놓은 여자가 거기 서 있었습니다. 깡마른 체구에 키가 작은 여자였지요. 그 여자가 제 뒤통수를 연달아 두 번 후려쳤던 겁니다.

"뭐예요!"

여자는 말없이 저를 노려보기만 했습니다.

"지금 뭐 하는 거냐고요!"

"……."

고함을 치긴 했지만 여자의 눈빛이 너무 살벌해서 순간 내가 뭘 잘못한 건 아닐까 싶었습니다. 하지만 짚이는 게 없었어요. 저는 그저 횡단보도에 서서 제 머리카락을 분질러보고 있었을 뿐이니까요. 뒤통수가 못 견디게 아팠습니다. 어쩌면 둔기 같은 것에 맞았을 수도 있겠다 생각했는데 여자의 두 손에는 아무것도 들려 있지 않았습니다. 그 추운 날 장갑도 끼지 않은 맨손이더군요.

행인들이 여자와 저를 힐끔거렸습니다. 그사이 신호등이 녹색으로 바뀌었습니다. 행인들은 곧 무심한 얼굴로 제 갈 길을 갔습니다. 여자는 여전히 제자리에 서서 저를 노려보았어요. 저도 그대로 서 있었습니다. 백주 대로에서 영문도 모르고 맞았는데 아무 일 없었다는 듯 그냥 갈 수는 없으니까요. 그렇지만 동시에 저는 생각했어요. 지금 이 신호에 못 건너면 지각이다, 지금 건너야 한다…….

그때 여자가 뭐라고 중얼거리는 소리를 들었습니다. 그러나 여자의 입이 목도리에 가려져 있어 잘 들리지 않았고 입 모양을 볼 수 없으니 무슨 말을 했는지 짐작할 수도 없었어요. 뭐라고 했는지 물어보려는 순간 여자는 몸을 돌려 지하철역 쪽으로 걷기 시작했습니다.

신호등을 바라보았습니다. 점멸하는 녹색등 아래 숫자가 18에서 17로, 다시 16으로 바뀌고 있었어요. 저는 어서 여자를 쫓아가 사과를 받아야 한다고 생각했습니다. 해명이라도 들어야겠다 싶었어요. 하지만 제 발은 이미 횡단보도로 내려서고 있었습니다. 잰걸음으로 걸으면서 인도 쪽을 한번 바라보았지만 여자의 모습은 이미 출근길 인파에 묻혀 보이지 않았습니다. 아마 사람을 잘못 보았을 거라고, 어쩌면 정신 나간 여자일 수도 있다고, 그냥 오늘 내 일진이 안 좋은 거라고, 저는 그렇게 생각하고 털어버리기로 했습니다.

다행히 지각은 면했습니다. 마침 신입 회원의 학부모를 위한 오리엔테이션이 있는 날이라 늦으면 곤란했거든요. 제가 재직하고 있는 회사는 '참교육 배움터'라는 이름만으로도 짐작할 수 있듯 사설 교육기관입니다. 주로 초등학생을 대상으로 정규교육 과정에 없는 다양한 교육 프로그램들을 운영하는 곳이에요. 쉽게 말하면 일종의 방과 후 학교나 현장체험 학교입니다. 더 쉽게 말하면 그냥 학원이지요. 교과목이 국어, 영어, 수학이 아니라 문화유적 답사, 자연생태 관찰, 과학 실험, 전통 예절 학습 등이라는 점이 다를 뿐이었습니다.

제가 맡은 대표적인 프로그램은 박물관 탐방이었습니다. 박물관을 안다는 것은 세상에 모르는 게 없다는 것이라고, 고로 담당 교사로서 자긍심과 사명감을 가져야 한다고 교장은 노상 강조했습니다. 하도 들어서 저도 레퍼토리를 줄줄 외울 정도였지요. 그날도 교장은 오리엔테이션의 꽃인 교사 소개 시간에 박물관 탐방 프로그램에 대해 일장 연설을 했습니다.

"어머님들, 우리나라에 박물관이 몇 개나 있는지 아십니까? 박물관협회에 정식으로 등록된 것만 6백 개가 넘습니다. 박물관, 하면 우리는 그냥 옛날 물건들이 전시된 고리타분한 곳으로 생각하죠. 아닙니다. 박물관이야말로 과거 우리 조상의 삶을 들여다보고 지구촌 여러 나라의 풍습과 문화를 간접 체험할 수 있는 인류 유산의 보물 창고입니다. 책에서 고흐의 「해바라기」를 백날 보는 것과 미술관에 가서 원화를 직접 한번 보는 것은 교육 효과가 천지 차이죠. 안 그렇습니까? 어머님들, 아이들이 책 읽다가 물어보죠? 엄마, 짚신이 뭐예요? 아빠, 곰방대가 뭐예요? 어떻게 생겼어요? 그럴 때 어떻게 대답하십니까?"

그런 다음 그는 대답을 유도하는 눈빛으로 좌중을 빠르게 둘러보았습니다.

"예, 책이나 인터넷에 있는 이미지 찾아서 보여주실 수 있죠. 좋아요, 좋습니다. 그러나 그것만으로는 부족합니다. 진짜 물건을 봐야지요. 오감을 총동원해서 직접 보고 듣고 느끼고 만져보고 냄새도 맡아봐야죠. 그래야 기억에 남고 그래야 그 지

식이 자기 것이 되는 겁니다. 그게 참교육입니다. 그래서 박물관에 가야 하는 거예요. 박물관을 안다는 것은 세상에 모르는 게 없다는 겁니다. 제가 방금 우리나라 박물관 수가 6백 개 넘는다고 말씀드렸죠? 그중에서 우리 어린이들에게 교육적으로 특히 큰 가치가 있다고 판단되는 서른 곳을 저희가 엄선했습니다. 서른 곳만 해도 어마어마한 거죠. 안 그렇습니까? 그 박물관들에 전시된 모든 것을 저희가 자녀분들 머릿속에 쏙쏙 넣어드릴 겁니다."

교장은 다시 한 번 학부모들을 둘러보고 모두 자신의 말에 집중하고 있음을 확인했습니다.

"자, 그럼 이제 박물관 탐방 프로그램의 담당 교사를 소개하겠습니다. 우리 참교육 배움터의 브레인이십니다. 정은소 선생님!"

쏟아지는 박수갈채 속에서 저는 한 발 앞으로 나섰습니다.

"우리 정 선생님은 명문대를 졸업하시고 해외 유학을 가려다 대안교육에 큰 뜻을 품고 유학을 포기하셨습니다. 열악한 처우에도 이렇게 참교육

현장에서 발로 뛰면서…….”

학벌 중심 사회를 지양하고 대학의 서열화에 반대한다는 것이 회사의 대외 기조였기 때문에 교장은 대학 이름을 말하지는 않았습니다. 그러나 고유명사 없이도 효과가 충분했어요. 해외 유학은 가려다 포기한 것조차 이력으로 활용되었습니다. 그날 박물관 탐방 프로그램의 신규 신청자는 열일곱 명이었어요. 정원이 마흔 명이니 하루 만에 절반 가까이 모집된 거지요.

오리엔테이션이 끝난 후 뒤치다꺼리는 그날 정규 수업이 없던 제가 도맡다시피 했습니다. 내내 분주할 수밖에 없었지요. 아침에 제 머리카락이 얼어붙어 있던 것이나 길바닥에서 생판 모르는 여자에게 느닷없이 뒤통수를 맞은 일 따위는 떠올릴 겨를도 없었습니다.

그날은 그렇게 지나갔습니다.

이튿날은 봉수 선배를 만나기로 한 날이었습니다. 보통은 제 퇴근이 더 늦으니 먼저 퇴근한 그가 저의 회사 근처로 오곤 했습니다. 그런데 그날은 그가 갑자기 학교 앞에서, 그러니까 우리가 졸업한 대학교 앞 식당에서 만나자고 하더라고요. 학생 때 즐겨 먹었던 그 집 돈가스를 오랜만에 다시 맛보고 싶어졌다면서요.

네, 봉수 선배는 대학 시절에 만난 사람입니다. 저의 과 선배였지요. 학번은 하나 위인데 나이는 그가 저보다 네 살이나 많았어요. 별명이 나이키였습니다. 스포츠 브랜드 나이키와 전혀 무관하게, 나잇값도 못 하고 킷값도 못 한다는 뜻이었어요. 별명처럼 그는 180센티미터가 훌쩍 넘는 키에 나이도 동기들보다 여러 살 위인데 어른스럽기는커녕 속이 훤히 들여다보일 정도로 어수룩하고 세상 물정에도 영 어두워 사사건건 옆에서 챙겨주어야 할 동생 같은 사람으로 통했습니다. 눈썹이 팔八 자라 어떤 표정을 짓든 항상 안쓰러워 보인다는 점도 그의 이미지에 한몫했고요.

제 기억에 남아 있는 학창 시절 선배의 모습은 과방에서건 강의실에서건 이런저런 술자리에서건 늘 구석에 말없이 앉아 있다가 누가 무슨 이야기를 꺼내면 '그래, 맞아' 하고 동의하는 것이었습니다. 그런 다음 방금 그 이야기와 상반되는 다른 사람의 이야기에도 똑같은 표정과 어조로 '그래, 그것도 맞아' 하는 것이었지요. 그의 동기들이 너는 왜 주관이 없냐, 니가 무슨 세상의 진리를 꿰뚫고 있는 현자인 양 이것도 옳고 저것도 옳다 하느냐 나무라면 그는 '그래, 그것도 그렇네' 하면서 멋쩍게 웃었습니다. 아니, 그렇게 말을 한 건 아니고 그런 표정을 지으며 웃었던가요. 어쨌거나 그때 저에게 그는 자주 볼 일도 없고 진지하게 이야기 나눠본 적도 없지만 볼 때마다 좀 신기한 존재였다고 할까요. 괜히 눈이 가는 사람이었습니다.

학교 다니던 시절 그와 저의 친분은 딱 그 정도, 단순한 선후배 사이였습니다. 그가 학교를 졸업한 후에는 서로 소식조차 모르고 지냈을 정도로 소원한 관계였어요. 그런데 제가 졸업하고 처음 들어간 회사에 뜻밖에도 그가 있었습니다. 사회에서도 선후배 사이로 만난 것이었지요. 그가 저를 먼저 알아보고 인턴 시절부터 챙겨주었습니다.

사회에서 만난 선배는 조금 달라 보였어요. 부서별 회의 때 자신의 의견을 정연하게 개진하는 모습이나 회식 때 상사의 농담에 호응하며 웃는 모습은 낯설어 보이기까지 했습니다. 그러나 시간이 더 지나니 예전 모습이 보이더라고요. 회사라는 환경에 적응하기 위해 일부 기능이 진화하거나 새로 탑재되었을 뿐 그의 기본 바탕은 변함없었습니다. 여전히 천하에 태평한 것 같아 보이기도 하고 허술한 것 같아 보이기도 하는 모습 말이지요. 그 나이에도 매사에 허허만 알고 실실은 모르는 선배가 어떻게 무지막지한 경쟁을 뚫고 입사에 성공했는지, 별문제 없이 회사 생활을 하는지, 생각할수록 신통한 노릇이었습니다.

실제로 그는 회사 사람들 모두와 두루 잘 지내는 것처럼 보였습니다. 그러나 그가 없는 자리에서 사람들이 아무렇지도 않게 그를 희화화하고 농담의 소재로 삼는다는 것을 깨닫기까지는 그리 오래 걸리지 않았습니다. 사람들은 선배를 고문관으로 칭하기도 하고 그의 구부정한 걸음걸이를 흉내내기도 했습니다. 처음 그 상황을 접했을 때 저는 너무 당혹스러워 그 자리에 얼어붙었습니다. 제가 그의 대학 후배라는 사실을 문득 상기한 사람들이 뒤늦게 그를 법 없이도 살 사람이라느니 이 시대의 마지막 순수남이라느니 하며 상황을 수습하려 했지만 그래서 더 화가 났지요. 저는 표정을 관리하려 애쓰며 그 자리를 떴습니다.

그런 일이 몇 번 반복되고 나서부터였던 것 같아요. 제가 저 자신에게 묻기 시작한 것이요. 왜 화가 날까. 사람들이 선배를 조롱하는데 왜 내가 화가 나는 것인가. 혹시 내가 그를 좋아하나. 그러니까 그를 좋아하기 때문에 화가 나는 것인가. 그렇게 묻긴 했지만 답을 확신할 수는 없었어요. 그저 저만이라도 선배의 편이 되어주어야겠다고 생각한 것이 당시 내릴 수 있는 최선의 결론이었습니다.

우리는 학교 다닐 때보다 훨씬 더 가까워졌습니다. 그가 장기적으로 이직을 계획하고 있다는 사실을 알았을 때는 동지애까지 느꼈어요. 안 그래도 회사 일이 적성에 맞지 않아 저 역시 이직을 고민하던 참이었거든요. 우리는 업무도 함께 처리했고 이직도 함께 준비했습니다. 그리고 어느 날 제가 불쑥 고백했습니다. 처음이었어요. 저는 소심한 데다 거절 공포증이 심해서 먼저 마음을 고백

하는 상황 같은 건 꿈도 못 꾸는데, 그때는 일이 되려고 그랬는지 글쎄 모교 동문 행사에 함께 참석했다가 술김에 저질러버렸더라고요. 뒤풀이 자리에서 우리끼리 잠깐 따로 앉았을 때 그랬다는데 전 기억도 못 해요. 좌우지간 제가 그를 마음에 두고 있기는 두고 있었던 거지요.

우스운 건 제가 과거형으로 고백했더라는 겁니다. 선배를 좋아해요, 가 아니라 선배를 좋아했었어요, 하고요. 제 생각엔 그거나 그거나 별 차이 없는 거 같은데 듣는 사람 입장에서는 엄청난 차이가 있었나 봐요. 봉수 선배 말로는 그날 이후 계속 그 과거형 시제가 머릿속을 떠나지 않더래요. 나를 좋아했었다니, 좋아했었다면 지금은 안 좋아한다는 건가? 도대체 왜? 마음이 변한 이유가 뭔데? 하고요. 가진 줄도 몰랐던 것을 잃어버렸다는 이상한 상실감과 비애가 그를 잠 못 들게 했답니다. 불면의 밤마다 늘 같은 질문이 그를 괴롭혔고요. 내가 왜 몰랐을까. 아니, 내가 뭘 잘못했을까. 나한테 왜 실망했을까. 그 과거 반추형 문장들이 점차 미래 지향형으로 바뀌어 '어떻게 하면 나를 다시

좋아할 수 있을까?'가 되면서 결국 연애가 시작되
었지요.

그때부터 저는 주위에 짝사랑하느라 골머리를
앓는 친구가 있으면 넌지시 일러주게 되었습니다.
먼저 고백해봐. 단, 과거형으로.

우리는 창가 자리에 앉았습니다. 방학 기간이
어서인지 손님이 우리 외에 딱 한 테이블밖에 없
었습니다. 저는 속으로 이것이 대체 몇 년 만의 방
문인가 헤아리며 식당 안 곳곳을 훑어보았습니다.
세월이 흘렀지만 많은 것이 그대로였습니다. 빛바
랜 훈민정음 벽지로 도배된 벽도, 그 위에 학생들
이 아무렇게나 낙서해서 붙여놓은 형형색색의 메
모지도, 한쪽 구석에 놓인 낡은 전축과 레코드판
더미도 제자리를 지키고 있었어요. 우리가 앉은
창가 쪽 선반에 전에는 없었던 마블의 슈퍼히어로
피규어들이 전시되어 있는 것이 새롭긴 했습니다
만, 그것들이 안 그래도 당최 종잡을 수 없는 사장
의 인테리어 철학을 일관되게 반영한다는 점에서
아주 낯설지는 않았습니다.

그가 메뉴판을 내밀었어요. 어차피 주문할 메뉴가 정해져 있는데도 저는 그것을 펼쳐 보았습니다. 밥집과 술집을 겸한 곳답게 식사 메뉴를 안주로도 주문할 수 있는 시스템은 예전 그대로였어요. 런치 세트 메뉴 옆 괄호 안에 '저녁에도 주문 가능'이라 써놓은 그 이율배반적인 문구도 변함없었지요. 우리는 돈가스를, 히레가스도 로스가스도 아니고 포크커틀릿도 아닌, 오직 돈가스로만 불릴 수 있는 그것을 주문했습니다. 크림수프가 먼저 나왔어요. 따끈한 모닝롤과 딸기잼과 버터가 이어서 나오고 그다음으로 양배추 샐러드와 감자튀김과 볶음밥을 곁들인 돈가스가 나왔습니다. 어지간한 식당에서는 찾아보기 힘든 구성이자 양이었지요. 선배와 저는 대학생 시절로 돌아간 듯 들떠서 먹기 전에 인증 사진부터 찍었습니다. 예전에도 이랬느니 그땐 저랬느니 서로 다투듯 옛 추억을 소환해가면서요.

이런저런 이야기 끝에 제가 무심코 그 여자를 화제에 올린 것은 후식으로 커피가 나왔을 때였습니다. 저는 겪은 대로 말했어요. 아침에 머리를 감고는 미처 말리지 못했는데, 출근길 도로에서 머리끝이 쭈뼛해지는 느낌을 받았다고, 그래서 횡단보도 앞에 섰을 때 만져보려고 장갑을 벗었다고요.

"그런데 뒤에서 갑자기 누가 나를 때려서……."

"뭐? 그게 무슨 소리야?"

당시 일을 묘사하면서 저는 어쩐지 제가 상황을 축소해서 전달하려 한다는 것을 느꼈습니다. 실은 그 일이 마음에 여전히 찜찜하게 남아 있었다는 것도요.

선배는 예상보다 더 언짢은 기색을 보였습니다.

"아니, 왜 경찰에 신고 안 했어?"

저도 잠깐이지만 그런 생각을 해보지 않았던 것은 아닙니다.

"에이, 뭐 그 정도로 신고까지 해?"

"그건 범죄야. 상해 정도가 심해야만 범죄인 건 아니라고."

맞는 말이었습니다. 그러나 그때 저는 너무 당황했고, 회사에 지각할까봐 전전긍긍하고 있었으며, 미처 상황을 정리할 틈도 없이 여자가 먼저 가버렸습니다.

그런데도 선배는 저를 나무랐습니다. 묻지 마 폭행을 당했는데 지각이 문제냐, 그 여자가 반사회적 인격 장애가 있는 사람이었으면 어쩔 것이냐, 앞으로 또 다른 피해자가 생길 수도 있다, 추가 피해자가 생기는 일을 방지하기 위해서라도 경찰에 신고했어야 한다, 그래야 최대한 빨리 CCTV 등 증거물을 확보할 수 있다, 하며 평소의 그답지 않게 흥분한 어조로 말을 이었지요. 그러다가 고개를 갸우뚱하더니 물었습니다.

"근데 혹시 아는 사람은 아니었어?"

"응. 전혀 아니었어."

"눈밖에 못 봤다며."

"그렇긴 한데……."

"하긴. 그렇다면 일부러 널 공격했다는 건데, 말이 안 되지."

"……."

"그 여자가 한 말은 못 들었다는 거지?"

"응."

"뭐라고 했을까."

선배는 탁자 위 어딘가를 응시하며 잠시 생각에 골몰해 있었습니다. 그리고 또 무슨 말인가 하려다가 문득 입을 다물었습니다.

"아니다. 그만하자."

제 표정이 안 좋아 보였는지 그가 탁자 위로 손을 뻗어 제 손을 잡았습니다. 많이 놀랐을 텐데 다독여주기는커녕 다그치기부터 해서 미안하다고 하더군요. 그리고 앞으로 또 그런 일이 생기면 안 되지만 혹 생긴다면 경찰에 신고부터 하라고, 그런 다음 자신에게도 곧바로 알려달라고 했습니다.

주위를 둘러보니 다른 테이블의 손님들이 어느 틈엔가 자리를 떠서 식당에는 봉수 선배와 저밖에 남아 있지 않았어요. 우리도 커피를 다 마신 상태였습니다.

"은소야, 있지."

선배가 제 손을 놓더니 어깨를 펴고 허리를 곧추세웠습니다.

"내가 왜 오늘 여기서 만나자고 했는지 알아?"

"돈가스 먹고 싶었다고 했잖아."

"맞아. 그런데 그게 다는 아니고."

그는 잠시 머뭇거리더니 식당 이곳저곳을 괜히 한번 훑어보고는 다시 저를 보았습니다.

"여기서 니가 나한테 고백했잖아, 7년 전 오늘."

"아."

"몰랐어?"

그동안 선배에게 누차 들어서 장소와 날짜를 모르지는 않았습니다. 하지만 고백 당시의 일이 정작 제 기억에는 없는 데다 우리 둘 다 기념일 같은 것을 챙기는 데 무심한 편이어서 그것들을 딱히 의식해본 적도 없었습니다. 그러니 선배가 저의 고백이 있고부터 7년 후 같은 날 같은 장소로 저를 인도할 줄은 정말 몰랐지요.

그가 난데없이 조그만 상자 하나를 탁자에 올려놓았습니다. 붉은색 공단을 입힌, 모서리가 둥글게 마감된 액세서리 상자였어요.

"오늘 여기서 만나자고 한 이유가 이거야."

상자 안에는 전형적인 연애 드라마의 예측 가능한 장면처럼 반지가 들어 있었습니다. 작고 투명한 보석이 부착된 그것을 그가 제 왼손 약지에 끼웠습니다. 반지가 조금 작아서 뺄 때 애먹을 것 같앗지만 저는 티 내지 않았습니다. 그가 다시 제 손을 잡았습니다.

"넌 과거형으로 했지만 난 현재형으로 할게."

그렇게 저는 생각지도 못했던 봉수 선배의 청혼을 받았습니다. 결혼하고 싶었어, 가 아니라 결혼하고 싶어, 라고요.

당장 대답해주지 않아도 된다고, 그저 더 늦기 전에 마음을 표현하고 싶었을 뿐이라고 그가 덧붙였습니다. 손 글씨로 쓴 편지까지 준비했더군요. 넉 장이나 되는 장문의 편지에는 저의 첫인상에 대한 회고부터 우리가 함께 보내온 시간에 대한 감사, 앞으로 저와 함께하고 싶은 크고 작은 일들에 대한 바람이 다정한 필치로 쓰여 있었습니다. 이래저래 놀라운 일이었습니다. 다른 누구도 아닌 바로 그 나이키 선배가 저 몰래 이런 이벤트를 준비했다니 믿기지 않았지요. 배경이 비록 돈가스 기름 냄새가 진동하는, 사방 벽이 온통 훈민정음으로 도배된, 선반 위의 헐크와 아이언맨과 캡틴아메리카와 스파이더맨이 우리를 굽어보는 촌스러운 식당이긴 했지만 그래서 더 신선했습니다.

무엇보다 우리에게 특별히 의미 있는 날짜와 장소라는 점에서 더 감동적이었고요.

저는 곧바로 대답했습니다. 고맙다고, 기쁘다고, 두말할 것 없이 선배와 결혼하겠다고요. 어차피 할 대답이니 미룰 필요가 없어서 한 것인데, 하고 나니 돌연 마음이 분주해졌습니다. 선배나 저나 그동안 결혼을 서두른 적은 없지만 만약 한다면 마흔 넘기 전에 하는 게 좋겠다고 생각해왔거든요. 아니나 다를까, 선배가 대뜸 부모님께 인사드릴 날짜를 정하자고 했습니다. 제가 먼저 그의 부모님을 뵙는 게 나을지, 그가 먼저 제 엄마를 만나는 게 좋을지 묻더군요. 그런 일에도 순서가 있는지 알 수 없었습니다. 저는 일단 집에 가서 엄마에게 전화로 상의해야겠다고 생각했습니다.

그런데 어째서였을까요. 막상 그와 헤어져 집에 들어서는 순간 제 머릿속을 맴도는 것은 엄마에게 어서 전화해야겠다는 생각이 아니었습니다. 뜻하지 않은 청혼을 받았다는 기쁨이나 얼떨떨함도 아니었습니다.

혹시 아는 사람은 아니었어?

눈밖에 못 봤다며.

하긴. 그렇다면 일부러 널 공격했다는 건데, 말이 안 되지.

…….

아는 사람일 리 없는데. 제가 아는 사람 중 그런 체격에 그런 눈을 가진 여자는 없는데. 더구나 출근길 대로에서 대놓고 공격할 만큼 저에게 깊은 원한을 가진 사람이라니요. 말도 안 되는 소리였습니다. 그런데도 이상하게 자꾸 선배의 그 말이 떠올랐습니다.

수요일 아침부터 저는 이따금 두통을 느꼈습니다. 통증 부위의 경계가 모호해서 머리가 아픈 것이 아니라 뺨이 아픈 것 같기도 하고 관자놀이가 아픈 것 같기도 했습니다. 두통을 앓는 일이 좀처럼 없는 저로서는 이례적인 상황이었지요. 통증이 심하지 않아서 병원에 갈 정도는 아니었습니다. 병원에 가려 한들 갈 시간도 없었고요. 사흘 내내 박물관 탐방 수업을 진행하느라 정신없이 바빴기 때문입니다.

방학 기간에만 진행되는 박물관 완전 정복 프로그램은 교사의 노동 강도가 특히 높은 수업입니다. 사흘 동안 박물관을 무려 아홉 군데나 돌아보는 프로그램이거든요. 대형 버스에 초등학생 마흔 명과 비상근 인솔 교사 네 명을 태우고 서울 및 지방을 돌아다니며 진행되는 일정이라 정신적으로뿐 아니라 체력적으로도 소모가 크지요.

사실 박물관을 제대로 관람하려면 하루에 한 곳을 보기도 힘듭니다. 규모가 큰 박물관 같은 경우는 전시관 하나 보는 데 하루를 꼬박 투자해야 하기도 하고요. 그것을 우리 회사가 몰라서, 교장이 모르고 교사들이 몰라서 그런 프로그램을 만든 것이 아닙니다. 오히려 잘 알기 때문에 만든 것임을 저도 처음에는 몰랐습니다. 허울 좋게 포장하자면 박이부정博而不精의 미학을 추구하고자 했다고 할 수 있겠지요.

제가 입사하고 얼마 안 있어 박물관 탐방 프로그램이 생긴 탓에 저에게는 선임자가 없었습니다. 당연히 노하우고 뭐고 아무것도 전수받지 못했어요. 선배 교사들에게 조언을 구하면 다들 같은 말만 되풀이했습니다. 편하게 해요, 편하게. 너무 어렵게 생각하지 말고. 저는 막막했습니다. 박물관을 안다는 것은 세상에 모르는 게 없다는 것이라고 주장하는 교장의 말대로라면 박물관 큐레이터인 제가 세상에 모르는 것이 있으면 안 되었으니까요. 그래서 저는 주말에 따로 시간을 내 박물관들을 일일이 방문했습니다. 동선을 미리 파악하고 전시 도록을 얻고 주요 소장품의 위치를 확인한 다음 집으로 돌아와 그것들에 대해 인터넷 백과사전을 뒤져가며 맹렬히 공부했지요. 청자 투각 칠보무늬 향로와 금동미륵보살반가사유상과 천마총 금관을, 티라노사우루스와 프테라노돈과 파키케팔로사우루스를, 그 외에도 세계 각국의 화폐라든가 우리나라의 전통 음식이라든가 선사시대 유물들을, 온갖 분야의 박물을.

자, 여러분, 이 청자 투각 칠보무늬 향로는 고려청자 중 하나로 국보 제95호예요. 향로란 향을 피울 때 쓰는 그릇을 말하는데, 이 향로는 향이 빠져나가는 뚜껑과 향을 태우는 본체, 그 본체를 지탱해주는 받침으로 이루어져 있습니다. 눈여겨볼 것은 바로 여기 받침 부분이에요. 보세요. 아주 작고 귀여운, 눈이 까만 토끼 세 마리가 본체를 받치고 있는데…….

제가 상상한 프로그램은 그런 식으로 진행되는 것이었지요. 하지만 실상은 딴판이었습니다. 학생들 열에 아홉은 제가 서너 번째 문장을 말할 즈음 이미 다른 곳으로 가버리거나 다른 전시품으로 눈을 돌리기 일쑤였습니다. 고학년이 저학년보다 좀 낫긴 했지만 도긴개긴이었어요. 그러니까 문제는 어떻게 하면 학생들에게 최대한 많은 전시품을 보여주고 그것들에 대해 최선의 설명을 해줄 수 있을까 하는 것이 아니었어요. 해당 박물관에 대형 버스 주차 공간이 넉넉한가, 학생들이 점심 도시락을 먹을 만한 장소가 있는가, 일반 관람객에게 피해가 가지 않도록 학생들을 효율적으로 통제할 수 있는가 같은 것들이 제가 정말 신경 써야 할 문제들이었습니다. 담당 교사가 명문대를 나왔는지, 해외 유학을 가려다 포기했는지 따위 이력은 전혀 중요하지 않았어요.

박물관 탐방 수업을 두어 번 하고 나자 자연히

요령이 생겼습니다. 어차피 학생들에게 전시품 전부를 보여줄 수도 없고 그래 봐야 학생들 기억에 남지도 않을 테니 중요한 것 한두 가지만 보여주자, 하고 마음을 고쳐먹게 된 것이지요. 이를테면 선사시대 전시관을 관람할 때 구석기실에서는 주먹도끼 하나, 신석기실에서는 빗살무늬토기 하나, 청동기실에서는 반달돌칼 하나만 보여준다는 생각으로 임하게 되었습니다. 그렇게 하자 사흘에 박물관 아홉 군데를 돌아보는 것이 불가능하지는 않더군요.

수요일부터 금요일까지, 그 사흘 동안 저는 민속박물관과 자연사박물관, 전쟁기념관, 교과서박물관, 화폐박물관 등을 돌았습니다. 마지막 날의 마지막 목적지는 서울에서 자동차로 두 시간가량 떨어진 지방 소도시의 한복박물관이었습니다. 우리나라의 한복 문화와 변천사를 살펴보고 시대별 계층별로 전시된 한복 및 전통 장신구들을 둘러볼 수 있는 곳이었어요. 규모가 작은 박물관이라 머문 시간은 길지 않았습니다. 그곳까지 가고 오는 시간이 훨씬 길었지요. 박물관이 시내에서 한참 떨어진 외곽에 자리하고 있었거든요. 좌우로 논두렁 밭두렁이 끝없이 이어지는 황량한 시골길을 차로 한참 달려야 나오는, 설마 이런 곳에 박물관이 있을까 싶은 위치에 정말 박물관이 있어서 저도 당황했었습니다.

일정을 모두 끝내고 서울로 복귀하기 위해 버스에 오른 시각은 오후 네 시쯤이었습니다. 학생들은 차가 출발한 지 얼마 안 되어 대부분 잠들었어요. 저도 무척 고단했습니다. 머리도 아팠고요. 그날도 평소처럼 학생들끼리 다툼이 잦았습니다. 초등학생들 싸움이야 쉽게 일어나고 또 그만큼 쉽게 정리되기 마련이지만 그날은 유난히 통제가 안 되어 교사들이 진땀을 흘렸습니다. 특히 프로그램이 끝나기 직전에 있었던 두 남자아이의 싸움은 아무래도 교장에게 따로 보고해야 할 것 같았습니다. 정황상 그들 부모에게 항의 전화가 걸려올 확률이 높아 보였거든요. 학부모의 전화를 받으면 그들이 눈앞에 있는 것도 아닌데 애먼 허공에 대고 연신 머리를 조아려가며 죄송합니다를 연발하는 교장이, 이번에는 통화를 끝낸 후 저에게 또 어떤 잔소리를 늘어놓을까 상상하니 두통이 더 심해지는 것 같았습니다.

좌석에 머리를 기대고 창 바깥의 풍경을 바라보 았습니다. 버스가 속력을 내기 시작했습니다. 온 통 얼어붙은 논밭밖에 없던 시야에 어느 순간부터 인가가 드문드문 나타나더니 저만치 군내버스 정 류장이 보였습니다. 정류장이라지만 비그을 곳도 없이 팻말만 덜렁 세워놓은 게 전부인 길바닥에서 한 여자가 버스를 기다리고 있었습니다.

그 여자였습니다.

코와 입을 잿빛 털목도리로 싸매고 눈만 내놓은 그 여자가 거기 서 있었습니다.

제가 타고 있던 버스는 순식간에 정류장을 지나 쳤고, 여자는 버스 쪽으로 눈길도 주지 않았지만, 저는 뒤통수를 한 번 더 가격당한 것 같은 기분이 었습니다. 그 여자는 혼자였고 저는 버스 안에 수 십 명의 학생들과 동료 교사들과 운전기사까지 함 께 있었습니다. 하지만 그 순간 저는 혼자였습니 다. 혼자 발가벗겨져 있고 그 여자는 완전무장한 상태에서 서로 맞닥뜨린 것 같았습니다. 아니, 실은 그마저도 한참 후에야 든 생각입니다. 정작 그 순간에는 아무 생각도 하지 못했습니다.

어떻게 그 여자를 또 만날 수가 있단 말입니까. 그것도 처음 만났던 곳과 완전히 동떨어진 장소에서.

그날 저는 평소대로 회사에 복귀하여 뒷정리를 한 다음 퇴근했습니다. 퇴근길에 엄마와 전화로 안부도 주고받았습니다. 그러나 뒷정리를 어떻게 하고 엄마와 무슨 이야기를 나누었는지는 기억이 잘 나지 않습니다. 집에 도착한 후에도 저는 저녁밥을 준비하려다가 이미 저녁을 먹었다는 것을 깨달았고, 설거지를 하려다가 설거지도 진즉 끝냈다는 것을 알아차렸습니다. 그만큼 정신이 다른 데 팔려 있었어요.

확률적으로 말이 안 되는 일이었습니다. 그 여자를 다시 만나다니. 평일 아침 출근 시간대에 종로 한복판 횡단보도에서 처음 본 여자를, 며칠 후 그곳에서 차로 두 시간 떨어진 어느 소도시 외곽의 버스 정류장에서 우연히 다시 만난다는 것이

과연 가능한 일일까요?

물론 제가 사람을 잘못 보았을 가능성도 있습니다. 그건 아주 찰나였고 그마저도 버스 창문 너머로 본 것이었으니까요. 하지만 아닙니다. 잘못 본게 아니었어요. 논리적으로 설명할 수는 없지만알아요. 그 싸늘한 눈매, 코와 입을 감싼 시커먼 털목도리, 왜소하지만 꼿꼿해 보이는 몸, 분명히 그여자였습니다. 무엇보다도 그 여자를 휘감고 있던어딘가 스산하고 음울하고 괴이한 분위기, 그건다른 사람의 것일 수 없었습니다.

저는 계속 생각했어요. 내가 왜 이렇게 그 여자에게 연연하지? 그냥 미친 여자에게 한 대 맞은 것뿐인데. 세상엔 별별 연놈이 다 있고 별별 일이 다 생기는데. 그럴 땐 그저 무시하는 게 상책이지…… 그런데 어떻게 그 여자가 그 정류장에 있을 수 있지? 그 동네에 사는 걸까? 어디 가는 길이었을까? 설마 나를 기다리고 있었던 건 아니겠지? 아닐 거야. 만약 기다리고 있었던 거라면? 생각이거기까지 미치자 그 여자와 눈이 마주쳤던 것 같다는 착각마저 들었습니다. 저와 눈이 마주친 여자는 슬며시 웃었습니다. 목도리에 가려져 있는데도 저는 여자의 입꼬리가 올라간 것을 볼 수 있었습니다. 그리고 잠시 후 여자는 웃음기 싹 가신 얼굴로 제게 속삭였습니다.

"하지 마."

"……."

"하지 말라고."

아, 그건 횡단보도에서 여자가 제게 했던 말이었습니다. 그때는 듣지 못했다고 생각했는데 어찌된 일인지 그 순간 뒤늦게 여자의 목소리가 한 음절 한 음절 머릿속에서 똑똑히 되살아났습니다. 고개를 저었습니다. 제가 망상에 빠져 있구나 싶었어요.

생각할수록 말도 안 되는 일이었지요. 그 여자를 거기서 다시 보다니요. 정말 그 여자가 맞기는 맞는 걸까요.

경우의 수는 두 가지였습니다.

하나, 정말 그때 그 여자와 다시 마주친 것이다.

그렇다면 저는 뛰어봤자 그 여자 손바닥 안인 셈이니 그 이상의 공포는 없을 것입니다.

둘, 다른 사람을 그 여자로 잘못 본 것이다.

그렇다면 저는 엉뚱한 사람을 그 여자로 잘못 볼 만큼 이미 극도의 공포로 신경이 쇠약해진 상태였다는 얘기가 됩니다.

그러니 어느 쪽이 맞든 제가 어차피 질 수밖에 없는 게임이었던 거예요. 등줄기가 척척해지는 기분이었습니다. 더 이상 생각하지 말자고 저는 생각했습니다.

그날 밤 꿈을 꾸었습니다.

저는 오랏줄에 묶인 몸으로 어느 호젓한 동헌의 앞뜰 같은 곳에 무릎 꿇려져 있었습니다. 맨발에 옷은 넝마요, 머리는 산발이고 온몸은 피투성이였지요. 멀찍이 떨어진 대청 위에서 등받이 높은 의자에 앉아 있던 수령이 저를 향해 창날 같은 손을 뻗치며 무어라 불호령을 내렸습니다. 저의 양옆에 도열해 있던 군졸들이 저에게 일제히 창을 겨누었습니다. 이렇게 죽는구나 싶어 눈을 감았습니다. 그런데 아무 일도 일어나지 않았습니다. 눈을 떴어요. 수령이 준엄한 눈으로 저를 내려다보고 있었습니다. 군졸들도 어느 틈엔가 제 급소를 겨누었던 창을 모조리 거둔 상태였습니다.

수령이 제 무릎 앞으로 무엇인가를 던졌습니다.

이것을 신고 춤을 추어라.

그것은 슬리퍼였습니다. 저는 꿇어앉은 채 상체를 숙여 그것을 가만히 들여다보았습니다. 슬리퍼인 줄 알았던 그것은 자세히 보니 발을 올려놓을 수 있는 밑창 부분만 있을 뿐 발등을 덮는 부분이 없었습니다. 그러니까 그 위에 발을 올려놓고 설 수는 있지만 그것을 신고 걸을 수는 없었지요. 조금이라도 움직이는 순간 발이 밑창을 벗어나게 되니까요.

수령이 낮은 목소리로 말했습니다.

춤추지 않으면 죽을 것이다.

군졸 둘이 양옆에서 제 어깨를 잡아 일으켜 세웠습니다. 저는 슬리퍼처럼 보이는 밑창 위에 발을 올려놓았습니다. 그러나 제자리에 그대로 서 있기만 했습니다. 꼼짝달싹할 수가 없었지요. 하늘이 팥죽색으로 어두워지더니 비가 내리기 시작했습니다. 수령이 다시 한 번 저에게 춤출 것을 명했습니다. 발을 살짝 들어보았어요. 당연히 발이 밑창에서 분리되었습니다. 저는 할 수 없이 다시 발을 내려놓고 수령을 쳐다보았습니다. 그의 얼굴이 노기로 천천히 일그러진다 싶더니 이윽고 그가 의자를 박차고 일어났습니다. 그리고 저를 잡아먹기라도 할 것처럼 입을 크게 벌리고 짐승이 포효하듯 괴성을 지르며 대청 아래로 뛰어 내려왔어요. 비에 젖은 그의 얼굴이 점점 더 가까이 다가왔습니다.

아, 저 얼굴은…….

수령은 제가 아는 사람이었습니다.

오원화.

원화였습니다. 목도리로 코와 입을 가리지 않은, 얼굴을 온전히 드러낸 원화가 저에게 야차같이 달려들고 있었습니다.

눈이 부셨어요. 사방이 환했습니다. 그리고 시끄러웠습니다. 침대 옆 탁자에 올려둔 휴대폰에서 알람이 울리고 있었습니다. 머리가 지끈거렸어요. 저는 간신히 팔을 뻗어 휴대폰을 잡았습니다. 잡고 보니 알람이 아니라 전화벨이 울리고 있었어요. 전화는 제가 통화 버튼을 누르기 직전에 끊어졌습니다. 엄마의 전화였습니다. 부재중 전화 목록에 봉수 선배의 번호도 있더군요. 그제야 저녁에 선배와 함께 엄마에게 인사드리러 가기로 했었다는 사실이 떠올랐습니다.

며칠 전 제가 봉수 선배의 청혼 소식을 알린 후 엄마는 하루에도 몇 번씩 전화를 걸어왔어요. 매번 언제 인사하러 올 거냐고 물었지요. 결국 선배와 제가 당장 이번 토요일에 찾아뵙겠노라 말씀드린 후에도 엄마는 수시로 전화했습니다. 주말에 인사하러 오는 거 맞느냐고 매번 확인하고 또 확인했습니다. 어릴 때부터 제게 항상 엄하고 깐깐한 모습만 보여주었던 엄마답지 않게 들떠 있는 목소리가 낯설었습니다. 하기야 들뜰 만도 했지요. 남편 없이 홀로 키운 무남독녀 외딸이 곧 결혼하겠다니 오만 생각이 다 들었겠지요.

엄마 말로 아빠는 제가 태어나기 전에 사고로 돌아가셨다는데, 별로 신빙성 있는 이야기는 아니었습니다. 아빠 사진을 본 적이 한 번도 없었거든요. 엄마 아빠의 결혼식 사진도 없고 하다못해 아빠의 독사진도 없었습니다. 제가 그 이유를 물어 보면 엄마는 번번이 같은 대답을 했습니다. 없긴 왜 없어, 당연히 있지, 그게 어디 있더라, 찾아보면 나올 텐데 내가 정신이 없어서…… 라고요. 저는 어린 마음에도 엄마가 거짓말하고 있구나, 아빠 사진은 애초부터 없었던 거구나, 혹시 아빠도 없었던 것 아닐까, 어쨌든 엄마가 진실을 말하지 못하는 이유가 있겠거니 했습니다. 내가 아홉 살이 되면 말해주겠지, 열 살이 되면 말해주겠지, 열한 살이 되면, 열두 살이 되면……. 그러다가 저도 잊었습니다. 더는 엄마 앞에서 아빠에 대해 묻지 않게 되었지요.

휴대폰을 쥔 채 그대로 침대에 앉아 있었습니다. 눈앞의 창문에 쳐진 반투명한 커튼이 보였습니다. 평소라면 아침에 일어나자마자 커튼부터 젖혔을 거예요. 그러나 저는 그것을 가만히 보고만 있었습니다. 커튼을 젖히면 창밖에 그 동헌의 앞뜰이 펼쳐져 있을 것 같았어요. 팥죽색 하늘에서는 비가 내리고 있고, 땅바닥에는 밑창뿐인 슬리퍼가 나뒹굴고 있고, 대청 위에서는 원화가 등받이 높은 의자에 앉아 저를 내려다보고 있을 것 같았습니다.

그렇게 원화를 다시 만날 줄은 몰랐습니다. 네, 꿈에서였을 뿐이지요. 그러나 원화는 꿈에 나타남으로써 현실에서도 강력하게 존재감을 발휘했습니다. 마치 그 꿈이 제 무의식이 주는 결정적인 힌트라도 된다는 듯 저는 횡단보도에서 만난 그 여자와 원화를 연결 지으려 하고 있었습니다. 혹시 그 여자가 원화였을까. 출근길 횡단보도에 한 번, 시골 버스 정류장에 한 번, 그렇게 두 번 나타났는데도 내가 알아보지 못하자 꿈에까지 나온 것 아닐까. 이래도? 이래도 나를 기억 못 하겠어? 하고. 그러고 보면 그 여자의 눈이 제 기억 속의 원화 눈과 어딘가 비슷한 것 같긴 했습니다. 체구가 작다는 것도 그렇고요.

하지만 제가 마지막으로 원화를 만났을 때 그 애는 고작 열한 살이었습니다. 그 후 20여 년 세월이 흐르는 동안 얼굴이나 체격이 어떻게 바뀌었을지는 알 수 없었지요. 게다가 그 애가 왜 이제 와서 갑자기 제 앞에 나타나겠습니까? 제가 그날 그 시간에 그곳에 있으리라는 것을 어떻게 알고요? 제 몸에 위치추적기라도 부착해놓았던 것일까요? 아니면 설마 우연히 만났다는 건가요? 두 번이나? 그러면 다른 것 다 차치하고, 20여 년 만에 만난 저를 무턱대고 때린 이유는요? 때린 다음 그냥 가버린 이유는요?

확실한 것은 그 여자가 원화인지 아닌지 제 능력으로는 알 수 없다는 사실이었습니다. 경찰의 도움이 필요했습니다. 최소한 횡단보도의 일은 CCTV에 찍혔을 테니 경찰서에 가서 확인해야겠지요. 그렇게 해서 문제의 여자를 찾아내야겠지요. 그 여자가 만약 원화라면 제가 직접 그 애와 회포를 풀고 일을 매듭지으면 됩니다. 그 여자가 원화가 아니라면 그 여자에게 죄를 묻든 자초지종을 묻든가 해서 상황을 정리할 수 있을 겁니다. 원화는 그저 꿈에 등장했을 뿐이니 잊어버리면 되고요. 결론은 그 여자를 찾아야 한다는 것이었습니다. 그 여자가 누구며 왜 저를 때렸는지 알아야 그 일을 머릿속에서 깨끗이 지워버릴 수 있을 것 같았습니다. 저는 돌아오는 월요일에 출근하면 당장 경찰서에 가보리라 마음먹었습니다.

머리가 아팠습니다. 지난 사흘 내내 그랬는데, 몸을 움직이고 있을 때는 좀 괜찮은가 싶다가도 가만히 앉아 있거나 누워 있으면 어느 틈엔가 다시 머리가 욱신거렸어요. 여태 약 없이 버텼지만 이제는 두통약을 먹어야 할 것 같았습니다. 집에는 약이 없으니 약국에 다녀와야 했습니다. 토요일에 약국이 문을 여는지, 연다면 몇 시까지 여는지 아는 바가 없었습니다. 저는 휴대폰으로 집에서 가장 가까운 약국을 찾아보고 그곳에 전화를 해야겠다고 생각했습니다. 그러나 생각만 할 뿐 그대로 꼼짝 않고 누워 있기만 했지요.

하지 마.

하지 말라고.

여자는 분명히 그렇게 말했습니다. 기억을 되살려보니 원화의 목소리와 어딘가 비슷한 것 같기도 했습니다.

하지 마.

하지 말라니까.

원화는 제게 뭘 하지 말라는 것이었을까요. 전

아무것도 하지 않았는데. 그냥 횡단보도 앞에 서 있기만 했는데.

손 안에서 다시 휴대폰 벨이 울렸습니다.

"인제 일어난 거야? 아까는 전화 안 받더니."

머리가 점점 더 아파왔습니다. 저는 몸을 일으 켰습니다. 어서 씻고 정신을 차려야 했습니다.

"엄마, 원화 기억나죠?"

"누구?"

"원화 있잖아요. 나 4학년 때 짝이었던 애."

침대를 빠져나와 욕실로 향했습니다.

"은아? 니 짝이었다고?"

"오원화요. 오, 원, 화. 박복석 아줌마 딸."

"오원화? 그게 누구야? 누구 딸이라고?"

휴대폰을 왼쪽 뺨과 어깨 사이에 끼우고 칫솔에 치약을 짰습니다.

"애, 내 말 듣고 있니?"

엄마가 모를 리 없었습니다. 원화를 기억하지 못할 리가요.

엄마는 초등학교 교사였습니다. 제가 3학년이

되던 해까지는 서울에서 살았습니다. 그런데 4학년으로 올라갈 무렵 엄마가 산촌으로 근무지를 옮기면서 저도 덩달아 학교를 옮기게 되었지요. 전학 간 곳이 바로 엄마가 새로 부임한 학교였습니다. 게다가 저는 엄마가 담임인 반에 배정되었습니다. 그곳이 마을 전체에 초등학교도 하나뿐이고 학년마다 학급 수도 하나뿐인 깡촌이었기 때문입니다. 지금이야 상피제니 뭐니 해서 부모와 자식이 교사와 학생으로 한 학교에 다니는 일을 법으로 규제하는 추세지만, 그때는 그런 개념조차 없었습니다. 있다 해도 여섯 개 학년 통틀어 학생 수가 백 명도 안 되는 시골 초등학교에 적용될 리 만무했고요.

전학 간 첫날 저는 하얀 바탕에 남색 닻 무늬가 수놓인 세일러복 원피스를 입고 발등에 가죽끈이 달린 빨간색 메리제인구두를 신고 칠판 앞에 섰습니다. 아이들은 휘둥그레진 눈으로 저를 아래위로 훑어보고 저희끼리 속닥거렸습니다. 엄마는 제가 아빠 없이 자라서 본데없다는 소리를 들을까봐 제 가정교육에 엄격했지만, 한편으로는 같은 이유에서 결핍 있어 보일까봐 제 옷차림에 돈을 아끼지 않았습니다. 옷만이 아니었지요. 저에게 꼭 있어야 할 것은 물론이고 없어도 그만인 것들까지 다 갖춰주었습니다. 브랜드 의류와 신발과 가방, 캐릭터 학용품 및 액세서리, 어린이 백과사전이며 위인전이며 세계명작동화 전질 등 도시에서는 어렵지 않게 구할 수 있는 그것들이 시골 학교 아이들에게는 대부분 없는 것들이었어요.

덕분에 저는 전학 가자마자 눈에 띄는 아이가 되었습니다. 물론 담임선생이 제 엄마라는 사실 때문에 더 그랬겠지요.

쉬는 시간마다 아이들이 제 주위에 모여들었습니다. 저에게 질문하기 위해서요.

서울 어느 동네서 살았어? 우리 고모는 인천 살거든.

병신아, 서울하고 인천하고 같냐?

너는 혈액형이 뭐야?

롯데월드 가봤어? 난 가봤는데.

웃기네. 니가 롯데월드에 가봤다고? 언제?

제게 묻는다기보다 제 옆에서 저희끼리 티격태

격하는 식이었지요.

무슨 소문이 어떻게 났는지 위 학년 언니 오빠들이 저를 보기 위해 일부러 교실에 찾아오기도 했습니다. 저에게 친하게 지내고 싶다는 편지를 주고 간 오빠도 한 명 있었고요. 저는 불특정 다수의 시선을 받는 상황을 처음에는 어색해했지만 곧 우쭐해했고 나중에는 당연하게 여기게 되었습니다. 심지어 그들을 기쁘게 해주기 위해 학교에 그들이 신기해할 만한 것들을 일부러 가져가기까지 했습니다. 어린이용 선글라스라든가 물로 지울 수 있는 크레파스, 야광 신발주머니 같은 것들을요. 아이들은 열광했습니다. 다들 조금이라도 가까이에서 그것들을 보고 싶어 하고 직접 만져보고 싶어 했지요.

그런데 그 소란 속에서 혼자 초연한 얼굴로 자기 할 일을 하는 아이가 있었습니다. 저와 가장 가까운 자리에 앉은 제 짝, 원화였어요.

쉬는 시간이면 원화는 허리를 꼿꼿이 펴고 앉아 교과서를 들여다보았습니다. 아이들이 제 옆에서 이러쿵저러쿵 떠들어도 눈길 한번 주지 않고 교과서만 탐독했습니다. 왜소한 체격에 웃음기도 없고 말도 없고 이미 세상 다 산 것처럼 만사에 심드렁한 표정을 짓고 있는 그 애가 이상하게 신경 쓰였습니다. 그래서였을까요. 책장을 펼치면 호화찬란한 입체 궁전이 튀어나오는 팝업 북을 가져간 날, 아이들이 모두 자리로 돌아간 후 저는 원화에게 물었습니다.

"이 책 궁금하지 않아? 궁금하지?"

원화는 교과서에서 눈을 떼고 책상 위의 팝업 북을 가만히 내려다보았습니다.

"응? 응."

"그럼 한번 펼쳐 봐도 되는데."

원화의 얼굴에 당황한 것 같기도 하고 화난 것 같기도 한 복잡한 표정이 스쳤습니다. 저는 팝업 북을 슬쩍 밀어 그 애 앞에 놓았습니다. 원화는 팝업 북에 눈을 고정시킨 채 한동안 머뭇거리더니 이윽고 조심스레 책장을 펼쳤습니다. 높다란 성벽에 첨탑과 망루와 정원에 호수까지 갖춘 황금빛 궁전이 그 위용을 뽐내며 와락 튀어나왔습니다. 원화의 입에서 한숨 같은 감탄사가 흘러나왔습니다. 마법 같다고 중얼거리면서 그 애는 정말 움직일 수 없는 마법에 걸리기라도 한 것처럼 눈도 깜빡하지 않고 한동안 종이 궁전을 뚫어져라 보기만 했습니다.

그때였습니다. 제 뒤에 앉아 있던 남자아이가 과장되게 심술궂은 말투로 외쳤습니다.

"으악, 그거 쟤 주면 안 되는데!"

이어 그 옆에 앉은 남자아이가 더 큰 소리로 말했습니다.

"쟤네 엄마는 또라이래요."

원화의 표정에는 아무 변화가 없었습니다. 저는 못 들은 척 물었습니다.

"그 책 좋아?"

"응? 응."

"좋으면 너 가져도 돼."

엄마가 또라이라는 악담에도 태연자약하던 원화의 얼굴이 순간적으로 움찔했습니다.

제가 잘 알지도 못하는 그 애에게 충동적으로 선심을 썼던 것은 아마 뒷자리 남자아이들에 대한 반발심 때문이었을 거예요. 이유는 몰랐지만 원화는 늘 혼자였습니다. 주변에 결계라도 쳐진 것처럼 아이들이 그 애 근처에 아예 가지를 않더라고요. 그러나 단순히 그 애에 대한 동정심이라든가 정의감에서 비롯되었다고 하기에 저의 반발심은 조금 더 복잡한 것이었습니다. 한 학년에 열댓 명밖에 안 되는 이런 코딱지만 한 학교에서도 지들끼리 누굴 따돌리고 말고 하네, 싶었다고 할까요. 그러니까 따돌림 현상에 대한 거부감보다 그것이 일어난 곳이 시골 학교라는 사실 자체에 대한 경멸감이 더 앞섰던 겁니다.

원화의 엄마에 대한 이야기를 듣게 된 것은 그로부터 며칠 후였습니다. 전교에서 모르는 사람이 없는 유명 인사더군요. 박복석. 아이들은 원화의 엄마를 아줌마도 아니고 원화네 엄마도 아니고 그냥 이름으로 불렀습니다. 박복석은 바보에다 또라이고 미친 여자라고 했습니다. 박복석은 한글도 모른다, 집 전화번호도 못 외운다, 정신병원에서 탈출했다, 자기 남편과 아들을 죽이고 감옥에 갔다 왔다, 딸 원화를 살려둔 까닭은 집안일을 시킬 사람이 필요했기 때문이다, 그런 흉흉한 이야기가

어린이들 입에서 천연덕스럽게 흘러나오더라고
요. 저는 믿지 않았습니다. 그 또래 아이들이란 별
이유 없이 거짓말을 하기도 하고 남을 험담하기도
하고 그것을 소문으로 퍼뜨리기도 하니까요. 그러
나 박복석이 가끔 아기를 포대기로 업고 학교 운
동장을 서성이는데, 등에 업힌 것이 실은 그가 죽
인 아들의 시체라는 이야기만은 너무 괴기스러워
서 자꾸 생각이 났습니다. 순전히 괴담이라고 생
각하면서도 왠지 한번 확인해보고 싶어지는 그런
이야기였지요.

어느 날 저는 하교 후 운동장에서 시간을 보내
고 있었습니다. 집에 일찍 가봐야 아무도 없으니
엄마가 퇴근하기를 기다려서 함께 집에 가려고 했
던 거지요. 그네를 타다가 철봉에 매달렸다가 정
글짐 쪽으로 가는데 그 앞에 서 있는 한 여자가 눈
에 띄었습니다. 여자는 등에 아기를 포대기로 업
고 있었습니다. 말로만 듣던 박복석이었지요.

그가 저를 돌아보았습니다.

"너 몇 학년이야?"

박복석과 말을 하게 될 줄은 상상도 못 했어요.

그러나 의외로 떨리지 않았고 긴장되지도 않았습니다.

"4학년요."

"그래? 내 딸도 4학년인데. 이름이 오원화야."

"알아요. 원화가 제 짝이거든요."

그러자 박복석은 제 손까지 잡으며 반가워했습니다. 코앞에서 보니 생각보다 훨씬 젊은 얼굴이었습니다. 웃기도 잘 웃고 붙임성도 좋았습니다. 심지어 말벗을 만났다고 여겼는지 묻지도 않은 원화 이야기를 저에게 늘어놓았어요. 우리 원화가 착하다, 똑똑해서 심부름도 잘한다, 빨래도 잘하고 설거지도 잘한다……. 그러면서 이따금 등에 업은 아기를 추슬렀습니다. 그 덕에 저는 포대기 안에 든 것을 어렵지 않게 볼 수 있었습니다. 아기 시체가 아니었습니다. 그것은 머리통이 어른 주먹만 하고 상체를 눕혔다 세웠다 하면 눈꺼풀이 닫혔다 열렸다 하는, 유행 지난 지 한참 된 플라스틱 인형이었습니다. 상체가 세워져 있으니 열린 눈꺼풀 아래 파란 눈동자까지 볼 수 있었지요. 제가 그것을 흘끔거리고 있다는 것을 눈치챈 박복석이 말했습니다.

"아직 못 걸어, 아기라서."

"네? 그건 인형이고 진짜 아기가 아니잖아요."

"응. 아기가 좀 아파서 그래."

정상적인 대화는 아니었습니다. 미친 여자라는 소문이 맞을지도 몰랐어요. 하지만 저는 척 보면 인형임을 알 수 있는데 왜 다들 아기 시체라고 했을까, 어쩌다 그런 괴담이 퍼졌을까, 그것이 더 의아했습니다. 그 괴담 때문에 원화가 아이들 사이에서 따돌림을 당했을 거라 생각하니 안타까운 마음까지 들었어요.

그때 누군가 뒤에서 제 이름을 불렀습니다. 돌아보니 우연하게도 엄마가 원화와 나란히 운동장을 가로질러 오고 있었습니다. 박복석이 자신의 딸을 향해 손을 흔들었습니다. 원화는 반응하지 않았고 제 엄마가 박복석을 향해 머리 숙여 인사했습니다. 그렇게 두 엄마와 두 딸이 한자리에 모였습니다. 엄마는 마침 그날 원화와 상담하고 나오는 길이었다고 하더라고요. 원화는 제가 자신의 엄마와 스스럼없이 대화를 나누고 있었다는 사실이 믿기지 않는지 몇 번이나 저와 박복석을 번갈아 보았습니다. 그러다 어느 순간 그 애와 저의 눈이 마주쳤습니다. 우리는 누가 먼저랄 것도 없이 멋쩍게 웃었어요.

원화와 제가 조금씩 친해지게 된 것은 그때부터였습니다. 제 엄마가 원화에게 각별한 주의를 기울이기 시작한 것도요.

봉수 선배가 웃으며 제 머리를 쓰다듬었습니다.

"너 되게 착한 어린이였구나."

악의적인 소문에 시달리며 학교에서 따돌림받는 원화에게, 서울내기에다 담임을 엄마로 두었으니 여러모로 아이들이 함부로 대하지 못할 위치에 있던 제가 편견 없이 다가가서 친구가 되어주었다는 뜻이었지요.

"나야 별생각 없이 그랬고, 엄마가 걔를 특별히 아끼셨어."

"너희 어머님이?"

그렇게 반문한 다음 선배는 깜빡 잊을 뻔했다는 듯 출입문 쪽을 돌아보았습니다. 우리는 찻집에서 엄마를 기다리고 있었어요. 차를 먼저 마신 후 저녁 식사를 하러 갈 예정이었지요.

엄마가 도착할 때가 다 되었는데도 선배는 제 이야기를 더 듣고 싶어 했습니다. 서울에서 나고 자란 그가 경험해보지 못한 시골 학교 특유의 폐쇄적인 분위기와 정서도 흥미롭지만 그보다도 이야기를 들으면 들을수록 원화에게서 비극의 주인공처럼 뭔가 사람의 마음을 끄는 힘이 느껴진다더군요.

실로 그 애에게는 남다른 구석이 있었습니다. 어린애답지 않게 진중했다고 할까요, 어딘가 비장해 보였다고 할까요. 쉬는 시간이건 점심시간이건 잠깐의 틈만 생겨도 그 애는 교과서를 읽었습니다. 국어 교과서야 그렇다 쳐도 악보밖에 없는 음악 교과서나 그림이 잔뜩 들어간 미술 교과서까지 한 장 한 장 정독했습니다. 교과서를 읽기 위해 태어난 사람처럼 필사적이었어요. 왜 하필 교과서였는가 하면 그것 말고는 달리 읽을 책이 없었기 때문이었지요.

그 사실을 알게 된 엄마는 교실 안에 학급문고

를 만들었습니다. 책장의 절반은 제 집에 있던 책들, 나머지 반은 엄마가 샀거나 기증받았을 새 책들로 채웠습니다. 수업 시간표에 하루 한 시간씩 독서 시간이 생겼습니다. 그 시간마다 우리는 모두 학급문고의 책을 읽었습니다. 다들 소리를 내지 않고 속으로 읽는데 원화는 특이하게도 소리 내어 읽었습니다. 옆 사람에게 들리지만 그 내용까지 들리지는 않을 정도의 작은 소리였지요. 저는 며칠 전까지만 해도 제 집 책장에 꽂혀 있던 세계명작동화의 내용이 원화의 입에서 중얼중얼 흘러나오는 것이 낯설고 신기하여 제 독서에 집중하지 못하고 그 애 목소리에 귀 기울이곤 했습니다. 왜인지는 모르지만 원화가 책 읽는 소리를 듣고 있으면 그 애가 최선을 다하고 있다는 느낌이 들었어요. 그것이 마음에 오래 남았습니다. 감동적이었다는 뜻이 아닙니다. 저는 동질감을 느꼈어요. 열심히 사는 거라면 저도 남에게 뒤지지 않는다고 생각했거든요. 다만 궁금했습니다. 원화는 왜 최선을 다할까. 무엇을 위해 저렇게 열심히 사는 것일까.

제 경우는 엄마 때문이었어요. 엄마에게 인정받고 싶었거든요. 아빠의 빈자리를 느끼지 않도록 제가 원하는 것은 무엇이든 전폭적으로 지원해주는 엄마를 기쁘게 해주고 싶었습니다. 저는 최선을 다했어요. 공부도 잘하고 그림도 잘 그리고 악기도 잘 다루고 글짓기도 잘하고 달리기든 뭐든 다 잘하려고 애썼습니다. 다행히도 노력한 만큼 성과가 좋았어요. 시험을 치렀다 하면 1등이었고 사생대회나 웅변대회 등 각종 실기대회에서도 매번 입상했습니다. 서울에서 그랬으니 그 조그만 시골 학교에서야 두각을 드러내지 않는 것이 더 어려웠지요.

그런데도 엄마는 칭찬에 인색했습니다. 아홉 가지 잘한 일보다 한 가지 실수를 찾아내기 바빴어요. 저에게만 그랬습니다. 다른 아이들에게는 그렇지 않았어요. 특히 원화에게는요. 그 애가 저보다 훨씬 낮은 성과를 거두어도 엄마는 아낌없이 칭찬하고 격려했습니다.

어느 월말고사에선가 사회 과목에서 저 혼자 백점을 맞은 적이 있었습니다. 시험문제 풀이 시간에 엄마는 마지막 문제가 좀 어려웠는데 정답을 맞힌 사람이 있다고 했어요. 당연히 제 얘기인 줄 알았지요. 엄마가 시험지 오른쪽 하단의 마지막 25번 문제를 읽었습니다.

"섬의 모양은 남북으로 긴 타원형이고 기후가 온화하여 난대성 해양 동식물이 풍부하다. 사람이 처음으로 거주하기 시작한 것은 1883년이다. 우리나라 최남단에 있는 이 섬의 이름은?"

정답은 '마라도'였습니다.

"이 어려운 문제를 원화가 맞혔네?"

엄마는 모두 원화에게 박수를 쳐주라고 했습니다. 저의 백 점에 대해서는 일언반구도 없었고요. 꼭 제가 아니라 원화가 백 점을 맞은 것 같았습니다. 더구나 그 애가 실제로 정답을 맞힌 것도 아니었는데 말이에요. 시험지를 걷을 때 제가 봤거든요. 원화가 적은 답은 '마라도 등대'였어요. 그날 저는 집에 가서 엄마에게 따졌습니다. 정답이 마라도인데, 왜 마라도 등대를 정답으로 해줬느냐고요. 엄마는 저를 보지도 않고 대꾸했습니다. 너도 참. 마라도 등대를 아는 애가 마라도를 모르겠니?

저는 더 따지지 않았습니다. 차마 나도 정답을 맞혔는데 왜 나한테는 박수 쳐주라는 말을 하지 않았느냐 묻지도 못했습니다. 그저 엄마가 원화와 저를 차별 대우한다고만 생각했어요. 차라리 그 애의 가정환경이 불우하니 그만큼 더 격려해주어 야 하기 때문이라고 말했다면 저도 납득할 수 있 었을 것 같아요. 원화가 외할머니와 엄마와 셋이 사는데 외할머니가 허드렛일로 돈을 벌고 집안 살 림은 원화가 한다고. 원래 어린 남동생이 있었지 만 병에 걸렸을 때 외할머니가 미신 때문에 병원 에 데려가지 못하게 하는 바람에 치료도 못 받고 집에서 죽었다고. 그 일로 원화의 엄마가 미쳐서 인형을 업고 다니며 그것이 아픈 아들이라 믿고 있다고, 엄마가 그렇게 말했다면요.

그 이야기를 저에게 들려준 것은 원화였습니다. 우리가 속을 터놓는 친구 사이가 된 후로 그 애는 저와 함께 있을 때면 말이 많아졌습니다. 그 애의 엄마가 어떤 사람이든 남들이 뭐라고 떠들든 원화 는 알고 보면 그저 외모에 관심 많고 마음 여리고 남들에게 사랑받고 싶어 하는 열한 살짜리 여자애

일 뿐이었어요. 저에게 집안 사정을 털어놓으면서 원화는 제 엄마도 다 아는 얘기라고 하더군요. 제 엄마가 담임선생으로서 가정방문 갔을 때 외할머니가 하소연하는 것을 들었대요. 원화를 계속 공부시킬 형편이 못 되니 더는 학교에 보내지 않겠다는 외할머니를 제 엄마가 초등학교는 무조건 졸업해야 한다며 끝까지 설득했답니다. 너희 엄마에게 감사드리고 싶다는 말끝에 원화는 담담한 어조로 덧붙였습니다. 나한테는 초등학교가 끝이야. 앞으로는 공부하고 싶어도 못 하니까 지금처럼 할 수 있을 때 더 열심히 공부해야 돼.

저에게는 그 말이 꼭 원화가 내일 당장 학교를 그만두게 되었다는 것처럼 들렸어요. 도대체 어떤 마귀 같은 할머니가 공부하겠다는 어린 외손녀의 앞길을 막나 싶어 어안이 벙벙한 와중에도 저는 안 된다고, 너랑 헤어지기 싫다고 떼쓰듯이 울었습니다. 원화도 처음에는 가만히 있다가 저를 달래다가 나중에는 같이 울었습니다. 우리 우정 변치 말자 어쩌고 유치한 대사를 주고받으면서요.

그러니까 제가 엄마의 기대에 부응하기 위해 열

심히 공부했던 것과 반대로 원화는 누구의 기대도 없는 삶을 스스로 지키기 위해 열심히 공부했던 겁니다. 저는 그 애가 안쓰러웠습니다. 원화에 대한 엄마의 편애에 거부감을 느끼는 것과 별개로 그 애에게 잘해주고 싶었습니다. 다른 아이들이 여전히 그 애를 멀리해서 더 그랬을 거예요. 저는 엄마에게 계속 원화와 짝이 되게 해달라고 부탁했어요. 원화도 그것을 바랐고요. 그래서 그 애와 저는 1년 내내 짝일 수 있었습니다.

우리는 학교가 파한 오후 시간이면 둘이서 마을 곳곳을 쏘다녔습니다. 특히 저의 집 앞에 있던, 마을을 동서로 가로지르는 개천가에서 자주 놀았습니다. 그곳을 좋아해서라기보다 달리 놀 만한 곳이 없었기 때문입니다. 그 흔한 놀이터 하나 없는 깡촌이었으니까요. 엄마가 개천이 더러우니 그곳에서 놀지 말라고 여러 번 주의를 주었지만 저는 개의치 않았습니다. 평소에는 엄마 말을 잘 듣는데도 원화와 함께 있을 때면 괜한 배짱이 생겨 그렇게 되더라고요.

개천의 수심은 발목까지 잠기는 정도로 얕았고

물살도 세지 않았습니다. 물 위에는 늘 크고 작은 쓰레기가 떠다녔고 물속에서는 시커먼 이끼가 덩어리져 하류 쪽으로 흐느적거렸지요. 수풀이 우거진 개천 옆 흙바닥에는 지금 생각해보면 어떻게 그럴 수 있었나 싶게 비현실적인데, 정체를 알수 없는 동물의 뼈가 여기저기 방치되어 있었습니다. 아마 누군가 발골한 후 무단으로 폐기했을, 형태로 짐작건대 말이나 소의 것일 커다란 머리뼈며 갈빗대가 그대로 드러난 몸통뼈가 사방에 흩어져 있었어요. 어린 눈에도 흉측하고 괴기스러워 보이는 풍경이었지만 우리는 그 옆에서 물에 발을 담그고 놀았습니다. 물장난이 지겨워지면 개천을 따라 상류 쪽으로 걸었습니다. 걸으면서 발에 차이는 돌멩이들을 주웠어요. 마음에 드는 돌은 주머니에 넣고 마음에 들지 않는 돌은 개천에 던졌습니다. 그러면서 천변의 지붕 낮은 가옥들을 지나, 살림집과 겸한 구멍가게를 지나, 규모가 구멍가게나 진배없는 작은 교회를 지나고 공터를 지나, 더이상 갈 수 없을 때까지 간 다음 원래 출발점으로 돌아오곤 했지요. 그때쯤이면 원화는 집으로 가야 했습니다. 저녁밥을 지어야 했으니까요. 더러 우리가 좀 늦는 날이면 박복석이 개천가에 미리 와서 딸을 기다리고 있기도 했습니다. 등에 예의 그 눈동자 파란 인형을 업고요. 제가 박복석에게 공손히 인사하면 원화는 보일 듯 말 듯 미소를 지었습니다. 그게 좋아서 저는 더 열심히 인사했어요.

안녕하세요, 아줌마?

그 애가 마침내 활짝 웃을 때까지요.

아줌마, 안녕히 가세요!

봉수 선배가 자리에서 벌떡 일어났습니다. 엄마가 찻집으로 들어서고 있었어요. 저도 얼떨결에 선배를 따라 일어났습니다. 엄마는 제가 한 번도 본 적 없는 새 코트를 입고 가슴에 웬 우아한 브로치까지 부착하고 있더군요.

저와 봉수 선배가 나란히 앉고 그 맞은편에 엄마가 앉았습니다. 한 번도 경험한 적 없는 좌석 배치가 어색해서인지 저도 은근히 긴장이 되었습니다. 하기야 그 자리가 익숙하고 편해 보이는 사람은 엄마 한 명뿐이었습니다. 은소한테 이야기만

전해 듣다가 드디어 봉수 씨를 직접 만나다니 정말 반갑다, 이렇게 와줘서 너무 고맙다, 하며 첫 대면의 소감을 전한 엄마는 선배에게 근황을 물었습니다. 본 요리에 앞서 나오는 애피타이저처럼 부담 없는 질문들이 이어졌지요. 살고 있는 동네며 회사생활 등에 대해 굳은 얼굴로 말을 이어가던 선배의 얼굴이 조금 펴진 것은 데이트할 때 주로 무엇을 하느냐는 질문을 받았을 때였어요.

"아무 버스나 타는 것입니다. 행선지를 정하지도 않고 그냥 타는 거예요."

"어머나, 그런 다음에는요?"

"맨 뒷자리에 나란히 앉아서 종점까지 갑니다. 한 시간이 걸릴 때도 있고 두 시간 이상 걸릴 때도 있어요. 종점에 도착하면 거기서 내립니다."

"세상에. 그거 참 신선하네요."

"예, 은소도 버스 데이트를 정말 좋아했습니다. 종점 근처를 돌아다니다 보면……."

꼭 시장이 나오곤 했습니다. 선배와 저는 그 낯선 동네의 낯선 시장을 돌아다니면서 시간을 보냈습니다. 배가 고프면 그 시장에서 가장 맛있어 보이는 식당에 들어가 밥을 먹었습니다. 후식으로 슈 퍼마켓에 들러 아이스크림을 사 먹거나 카페에서 차를 마시기도 했고요. 그러고 나서는 다시 버스 종점으로 돌아가 버스를 타고 원래 출발했던 장소 로 복귀했습니다. 우리는 주말에 종종 그렇게 데이 트를 했습니다. 최근 몇 년간은 거의 하지 못했지 만요. 저는 그 소박하면서도 예측 불가능한 버스 데이트를 좋아했습니다. 그런데, 좋아하는 건 좋아 하는 거고, 이 자리에서 그렇게 구체적인 이야기까 지 다 할 필요가 있나, 하고 저는 생각했습니다.

엄마는 귀엽고도 기발한 발상이라며 감탄했습 니다. 선배의 얼굴이 점점 더 펴졌어요.

"맞아요. 그럴 수도 있겠네요."

"예. 그래서 가끔은 목적지를 종로로 정하고 버 스를 타기도 했습니다."

"종로요? 왜 하필 종로였어요?"

선배는 이제 종로 이야기까지 하려는 모양이 었습니다. 종로 2가의 탑골공원. 그래요, 연애 초 기에 우리는 가끔 그곳을 찾았습니다. 그곳에 가 면 내기 장기나 바둑을 두고 있는 노인들을 어렵

'지 않게 만날 수 있었어요. 우리는 그들의 등 뒤에 서거나 앉아서 대국을 구경하곤 했습니다. 선배가 바둑을 좋아했거든요. 간혹 노인들이 권하면 선배가 못 이긴 척 바둑돌을 잡기도 했지요. 승패와 상관없이 저는 바둑에 집중해 있는 그의 모습을 좋아했습니다. 탑골공원 특유의 그 느긋하고 평화로운 분위기도 좋아했고요. 꽤 오래된 이야기이긴 합니다. 제가 종로에 있는 지금의 회사로 이직한 후로는 더 이상 탑골공원을 찾지 않았으니까요. 어쨌거나 당시 제가 그곳에서의 데이트를 좋아했던 건 사실입니다. 다 맞는 말이었어요.

그런데도 어째서인지 저는 선배의 대답에서 심각한 오류를 찾아내고 그것을 정정해야 한다는 의무감에 사로잡힌 사람처럼 그의 말을 계속 곱씹었습니다. 너무 긴장해 있던 탓일까요. 그저 엄마의 형식적인 질문에 선배가 그렇게까지 시시콜콜 구체적으로 대답한다는 것이 못마땅했습니다. 엄마가 먼저 물었으니 답했을 뿐이요, 그의 답에 아무 오류가 없는데도 이상하게 그의 한 마디 한 마디가 불안하고 못 미더웠어요. 그렇다고 그의 말을 저지할 수도 없었지요.

　저는 탁자 위의 찻잔에 시선을 둔 채 엄마와 선배의 대화를 듣기만 했습니다. 화제가 마침내 본 요리로 넘어갔습니다. 선배의 신상과 가족관계, 구체적인 결혼 계획에 대한 이야기가 오가기 시작했습니다. 그에게 들어 익히 알고 있던 내용인데도 엄마 앞에서 다시 들으니 사뭇 낯설게 느껴지더군요. 저와 아무 상관이 없는 이야기 같았지요. 심지어 제 옆에서 들리는 그의 목소리조차 어딘가 귀에 설었습니다.

　고개를 들었습니다. 제 옆자리에 앉아 있는 오래된 연인을 저는 잘 모르는 남자 보듯 무심하게 쳐다보았습니다. 비쩍 마른 몸에 굽은 어깨, 핏기 없는 뺨과 어딘가 고단해 보이는 눈. 제가 정말 이 사람과 결혼할 예정이라니…… 마치 절대 풀 수 없는 수수께끼를 대한 것 같은 기분이 들었어요. 그것은 아주 기이하고 당혹스러운 감정이었습니다. 왜 꼭 이 사람인지, 내가 이 사람을 정말 사랑하는지, 아니, 이 사람에 대해 제대로 알고 있기는 한지, 그러니까 이 사람은 누구인지, 느닷없이 떠

오른 질문들이 저를 어리둥절하게 했습니다.

선배가 갑자기 사레라도 들렸는지 캑캑거리며 발작적으로 기침을 했습니다. 제가 카운터에 가서 컵에 따뜻한 물을 받아 오니 그사이 그의 기침은 멎어 있고 엄마가 제 이야기를 하고 있더군요. 엄마는 제가 효녀라고 했습니다. 아빠 없이 자라 부족한 것이 많았을 텐데 불평한 적도 없고 당신의 기대에 어긋나게 행동한 적도 없다고 했어요. 무엇보다 학생들 가르치는 일만큼 보람 있는 직업이 없다고 한 당신 말씀을 제가 마음 깊이 새겼다가 더 좋은 취직자리 마다하고 스스로 교사의 길을 택했다는 것이, 그것도 처우가 열악한 대안학교 교사를 자처했다는 것이 너무나 대견하다고 했습니다. 전부 처음 듣는 이야기였지요. 저는 선배 주려고 가져온 물을 들이켰습니다. 엄마는 몰랐을 거예요. 효녀로 인식되고 싶어서, 당신의 기대에 어긋나지 않고 싶어서, 당신 말씀을 새겨듣는 모습을 보여주고 싶어서 제가 얼마나 마음 졸이며 살았는지를요.

엄마는 멈추지 않았습니다. 제가 욕심이 없고

착하기만 해서 손해 볼 때가 많다는 이야기를 꺼냈을 때예요. 봉수 선배가 대뜸 맞장구를 쳤습니다. 안 그래도 조금 전에 저의 어린 시절 이야기를 들었는데 어릴 때부터 정말 착했던 것 같다고요. 소외된 친구에게 스스럼없이 다가갔던 이야기가 감동적이었다고요. 그러면서 선배는 엄마를 슬그머니 끌어들였습니다.

"어머님 영향이겠지요. 어머님도 그 친구를 많이 아끼셨다면서요."

"그 친구?"

엄마가 저를 쳐다보았습니다. 원화에 대해 한참을 설명한 다음에야 엄마는 아, 하고 짧게 탄식했어요.

"인제 기억이 나요?"

"그래, 기억난다. 원화. 맞아, 오원화."

"엄마가 옛날에 특별히 신경 써줬었잖아요."

"내가? 그랬나. 기억이 안 나는데."

그런 다음 엄마는 눈을 크게 떴습니다.

"그런데 갑자기 원화는 왜?"

"걔가 어젯밤 꿈에 나왔어요."

엄마가 어머, 하며 반갑다는 듯 웃었습니다.

"니가 보고 싶어 하니까 나왔나 보다."

"그러게요. 말 나온 김에 한번 연락해보든가."

선배가 끼어들었습니다. 엄마가 그를 향해 장난스럽게 눈을 흘기며 손사래를 쳤어요.

"큰일 날 소리를, 연락 끊긴 친구에게 결혼 앞두고 전화하면 욕먹잖아요."

선배와 엄마는 동시에 소리 내어 웃었습니다. 엄마가 이제 그만 식당으로 자리를 옮기는 게 어떠냐고 물었습니다. 자연스럽게 화제를 돌리기 좋은 핑계였지요.

그날 밤 저는 제 거처로 돌아가지 않고 엄마 집에 머물렀습니다. 엄마가 할 말이 있다며 저를 잡았거든요. 다음 날이 일요일이니 출근 부담도 없는 데다 저도 할 말이 있던 터라 엄마의 제안이 반가웠습니다. 엄마가 제게 무슨 말을 하고 싶어 하는지는 알 수 없었지만 제가 엄마에게 무슨 말을 듣고 싶어 하는지는 확실히 알 수 있었습니다. 저도 이제는 털어놓고 싶고 확인하고 싶었어요.

엄마가 밤 아홉 시가 넘은 시각에 귤이며 사과를 내왔습니다. 우리는 거실 탁자를 사이에 두고 앉았습니다. 막상 엄마와 마주 보고 있으니 어떻게 이야기를 시작해야 할지 막막했어요. 그래서 본 요리에 앞서 내놓는 애피타이저처럼 박물관 탐방 프로그램의 마지막 날 이야기부터 했습니다. 일정을 끝내고 귀경하는 길에 시골길 정류장에 서 있는 한 여자를 보았다고, 그날 밤 꿈에 원화가 나타났다고요. 엄마는 꿈 이야기에 흥미를 보이며 더 자세히 듣고 싶어 했습니다. 그러나 저는 곧장 횡단보도에서 제 뒤통수를 때린 여자 이야기로 넘어갔습니다.

"세상에, 별일을 다 겪었네. 그래서?"

엄마의 반응도 처음에 봉수 선배가 보였던 것과 크게 다르지 않았습니다.

"그래서 그냥 넘어갔어? 애는, 경찰에 신고했어야지!"

엄마는 제가 대답할 틈을 주지 않았습니다.

"그리고 너 요새 너무 예민한 거 아니니? 너는 지금 그 여자가 원화일지도 모르겠다는 말을 하고 싶은 거지? 그게 말이 되니? 원화가 너한테 왜 그러겠어? 경찰에 신고하든가 아니면 그냥 재수가 없었다 하고 잊어버리면 될 일을 니가 계속 생각하니까 악몽까지 꾸는 거야. 그 폭행 사건과 꿈은 완전히 별개야. 그걸 억지로 연결시킨다는 것 자체가 바로 니가 그 일에 병적으로 집착한다는 증거라고."

맞아요. 구구절절 옳은 말씀이었습니다. 그러나 엄마 말을 듣고 있는 동안 저는 몰랐던 사실 하나를 문득 깨달았는데, 제가 더 이상 그 여자와 원화를 연결해서 생각하지 않는다는 것이었습니다. 어느 틈엔가 그 여자 생각은 희미해져 있었습니다. 그 여자가 원화인지 아닌지는 중요하지 않았어요. 제가 그 여자에게 폭행당했다는 사실도 이제는 별일 아닌 것처럼 느껴졌습니다. 저는 그냥 원화에 사로잡혀 있었습니다.

생각해보면 희한한 일이었어요. 초등학교 때부터 고등학교 때까지 수차례 전학을 다니면서 저는 많은 친구들과 만났고 곧 헤어졌으며 자연스럽게 그들 대부분을 잊었습니다. 그런데 원화에 대한 기억만은 입 밖으로 내어 말하지 않았다 뿐이지 한 장면 한 장면 또렷하게 뇌리에 박혀 있었습니다. 그 애와 함께 보낸 시간이 그리 길지 않았는데도요. 엄마와 제가 그 시골 학교에 머문 것은 겨우 1년 정도였습니다. 외할아버지의 병세가 급격히 악화되면서 다시 서울로 이사할 수밖에 없었거든요.

그렇게 떠나온 산촌을 저도 엄마도 20여 년 세월이 흐르는 동안 한 번도 가보지 못했습니다.

귤을 까서 입에 넣었습니다.

"엄마."

"응."

"원화 있잖아요, 잘 살고 있겠지요?"

"그렇겠지."

설마 죽은 건 아니겠지요? 하고 물어보려다 그만두었습니다. 엄마가 과도로 사과 껍질을 도중에 끊어뜨리지 않고 한 번에 끝까지 벗기는 것을 멀거니 보기만 했습니다. 저는 확인해보고 싶었어요, 엄마가 그때를 기억하는지를. 이해할 수 없는 일들이 연이어 벌어졌던, 그 시골 학교를 떠나던 무렵의 시간을 엄마가 잊지 않고 있는지를요.

방학이 끝나고 새 학기가 시작된 후에도 저는 원화와 변함없이 친하게 지냈습니다. 미술학원도 피아노학원도 태권도학원도 없는 시골에서 방과 후에 함께 놀 수 있는 친구의 존재는 굉장히 중요했어요. 원화와 저는 형제자매가 없었기 때문에 더욱 그러했습니다. 둘 다 아빠가 없다는 공통점도 우리를 한층 결속시켜주었지요.

우리는 학교 안에서도 학교 밖에서도 붙어 다녔습니다. 함께 숙제하고 함께 군것질하고 함께 뛰어놀았어요. 그 애의 집은 제 집에서 도보로 15분 정도 떨어진 산기슭에 외따로 자리하고 있었습니다. 객관적으로는 멀다고 할 수 없지만 시골 바닥이 워낙 좁아 다들 엎어지면 코 닿을 거리에 모여 살던 터라 당시 우리가 체감하기로는 꽤 먼 거리였습니다. 그래도 원화는 먼 길을 마다하지 않고 기꺼이 제 집으로 와주었습니다. 제 집이 항상 비어 있어서 놀기에 좋기도 했고 우리가 허구한 날 들락거리는 개천이 바로 집 앞에 있어서이기도 했지요. 물론 그것은 표면상의 이유였을지도 모릅니

다. 진짜 이유는 제가 그러자고 했기 때문일 수도
요. 원화는 뭐든지 제가 하자는 대로 했거든요. 집
으로 가자고 하면 갔고 밖으로 나가자고 하면 나
갔고 오늘은 그만 놀자고 하면 순순히 손바닥 털
고 돌아섰습니다. 제가 제안하듯 명령하면 그 애
가 동의하듯 복종했던 거지요. 네, 언제나 제안하
는 쪽은 저였고 그 애는 그저 받아들이는 쪽이었
습니다.

그래서 그 애가 처음으로 뭔가를 제안했을 때
저도 모르게 흠칫했습니다. 돌멩이들을 모아서 보
관하자고 하더군요. 개천에서 주운 돌들 말입니
다. 사실 저는 그것들에 별로 애착이 없었습니다.
원화가 주우니까 덩달아 주웠을 뿐 집에 들어가
기 전에 다 버리곤 했지요. 그런데 그 애가 처음 한
제안이 그 돌들을 모으자는 것이라니 어쩐지 당장
하지 않으면 안 될 아주 의미 있는 일처럼 느껴졌
어요. 우리는 우리만 아는 장소에 그것들을 모아
두기로 했습니다. 제 집 뒤뜰의 사철나무 아래 잎
사귀들 틈에 뚜껑 달린 조그만 철제 상자를 밀어
넣었습니다.

목표가 생기자 돌을 더 열심히 줍게 되더군요. 예전에는 개천가에서 놀다가 돌을 주웠는데 이제는 돌을 줍기 위해 개천가에서 노는 식이었습니다. 원화의 실적이 저보다 월등히 좋았습니다. 그애는 접근 방식도 안목도 저와 아예 달랐습니다. 제 눈에는 다 그렇고 그런 돌들인데 그 애는 그것들 하나하나를 주의 깊게 살펴보고 그럴듯한 감상평까지 내놓았지요. 이 돌은 아기 코끼리 귀처럼 생겼다, 이건 표면이 둥글고 매끈매끈해서 손에 쥐고 자면 잠이 잘 올 것 같다, 이 돌멩이는 잘 보면 앞뒤 색깔이 다르다, 신기하다…….

신기했습니다. 그 애가 말하면 정말 그렇게 보인다는 것이요. 원화는 제가 자신 없어 하며 주운 돌에도 온갖 의미를 부여하고 찬사를 보냈습니다. 그것이 입에 발린 말이라고 생각하지는 않았습니다. 그래도 제 눈에는 항상 그 애가 주운 돌이 더 특별해 보였지요.

어느 날 저는 저보다 한 발짝 앞에서 쪼그리고 앉아 돌멩이를 줍고 있는 그 애에게 물었습니다.

"너는 왜 돌을 그렇게 열심히 주위?"

원화는 제가 대단히 곤란한 질문이라도 한 것처럼 순간적으로 얼굴을 붉혔지만 이내 미소를 지었습니다.

"공짜니까."

"……."

"다른 건 다 돈을 내고 사야 하는데 돌은 그냥 가져가도 되니까."

그런 다음 원화는 저를 똑바로 바라보았습니다.

"그리고 돌은 오래가잖아. 잘 간직하고 있다가 나중에 어른이 되었을 때 보면 너랑 같이 돌을 주웠던 지금 이때가 떠오를 것 같아."

가슴이 뭉클했습니다. 저라면 궁색하고 구차해 보일까봐 절대 남에게 드러내지 않을 그런 속마음을 원화가 저에게 털어놓은 것이 고마웠습니다. 어른이 되었을 때 오래 간직해온 돌 같은 것 없어도 지금 이 순간을 아주 오래 기억하게 될 것 같다고 그때 저는 생각했습니다.

딱히 비밀로 하자고 한 것도 아닌데 철제 상자는 우리가 비밀스럽게 모은 돌들로 조금씩 채워져 갔습니다. 제가 남다른 안목도 섬세한 접근 방식도 필요 없는, 척 봐도 범상치 않아 보이는 반구형의 돌멩이를 발견한 것은 상자가 거의 다 찼을 무렵이었어요.

"이것 좀 봐! 원화야, 화석이야!"

제가 말해놓고도 믿기지 않았지만 그것은 정말 화석처럼 보였습니다. 원화 역시 보고도 믿을 수 없다는 듯 입을 딱 벌렸습니다. 표면이 우툴두툴하던 그 달걀 크기의 상아색 돌멩이, 지금도 기억이 납니다. 평평한 면 안쪽이 불규칙한 무늬를 이루며 파여 있고 그 파인 부분에 정체 모를 생물체의 흔적이 짙은 고동색으로 남아 있었지요.

"그런데 무슨 화석인지는 잘 모르겠어."

원화가 그것을 들고 요리조리 돌려 보더니 진지한 표정으로 말했습니다.

"이거 삼엽충 화석인 것 같아."

"정말?"

원화가 말하니 정말 그렇게 보였어요. 삼엽충 화석이라니. 교과서에 나온, 암모나이트와 함께 생김새가 특이하기로 쌍벽을 이루는, 고생대의 얕은 바다에서 번성했다는 그 유명한 절지동물의 화

석을 다른 곳도 아닌 저의 집 앞 개천가에서 발굴
했다니.

"그렇지만 삼엽충은 바다에 살았는데?"

"옛날에 여기가 바다였을 수도 있잖아."

"맞아. 그건 그래."

지각변동에 의해 퇴적층이 땅 위로 올라왔다는
등 물고기 화석이 산에서 발견되기도 한다는 등
우리는 아는 바를 서둘러 주워섬기며 우리의 의심
을 불식시켰습니다.

화석을 상자에 고이 모셔두기 위해 집으로 갔습
니다. 그러나 상자는 이미 꽉 차 있어서 화석을 넣
자 뚜껑이 닫히지 않았어요. 원화가 상자 위쪽의
돌들을 꺼냈습니다. 화석이 들어갈 자리를 만들기
위해 꺼낸 돌들의 배치를 바꿔가며 상자에 다시
넣더라고요. 분주히 돌을 넣었다 뺐다 하는 그 애
를 보다가 저는 불현듯 저 상자 안에 들어간 것은
모두 우리의 공동 소유물이 되는 걸까 궁금해졌습
니다. 수업 시간에 엄마가 했던 말도 떠올랐습니
다. 화석은 가치가 엄청나서 누구든 그것을 찾으
면 부자가 될 수 있다고 했던 것을요.

그 애를 시험해보고 싶었던 것일까요. 저는 화석을 원화에게 내밀었습니다.

"이거 너 가져."

원화가 동작을 멈추고 저를 바라보았습니다.

"왜? 이거 니가 주운 거잖아."

"괜찮아. 너 가져도 돼."

잠깐의 정적이 흘렀습니다.

"아냐. 여기 넣어서 우리가 같이 보관하자."

말투는 단호했지만 대답이 나오기까지 몇 초의 시간 동안 원화의 얼굴에 주저하는 표정이 짧고 빠르게 스쳐 가는 것을 저는 보았습니다. 저도 모르게 피식 웃음이 나오더군요.

제가 어떤 대답을 기대했던 것인지는 모르겠습니다. 다만 원화의 대답이 제가 기대한 것과 거리가 있다는 점은 분명했습니다. 문득 그 애가 독서 시간마다 읽는, 원래는 내 집 내 책장에 꽂혀 있던 책들이 떠올랐습니다. 처음에는 내 것이었는데 언제부터인가 우리 공동의 소유가 되어버린 책들 말이지요. 그 애가 학교에 준비물을 빼먹고 오는 경우가 많아 늘 제 것을 같이 쓴다는 사실도 새삼 떠올랐습니다. 각도기에서부터 컴퍼스, 사인펜, 셀로판지, 수채화물감에 이르기까지 한두 가지 품목이 아니었어요. 초반에 원화는 그것들을 빌릴 때마다 잠깐만, 미안한데 나 이것 좀, 하고 양해를 구했습니다. 그러나 시간이 지나자 점차 자신의 물건 가져다 쓰듯 손놀림에 거침이 없어졌습니다. 그 애의 손과 저의 손이 동시에 문방풀을 잡다가 서로 부딪친 적도 있었습니다. 그때 저는 그 애가 먼저 풀을 다 쓸 때까지 기다렸습니다.

원화가 저를 불렀습니다. 마침내 철제 상자 안에 화석이 들어갈 공간이 생긴 것이었죠. 저는 그 안에 화석을 넣었습니다. 뚜껑이 짤깍하는 금속성 소리를 내며 닫혔습니다.

그게 다입니다. 마침 날도 저물고 제 엄마가 퇴근할 시간이 다 되었기에 우리는 대문 앞에서 헤어졌습니다. 저는 그 애에게 잘 가라고 손을 흔들었고 그 애는 저를 보며 환하게 웃었습니다. 둘 다 아무렇지도 않았지요.

그것이 계기였을까요. 그런 것도 계기라고 할 수 있을까요. 어쩌면 애초에 계기 같은 건 없었는지도 모르겠습니다. 화석인지 아닌지 알 수도 없는 그까짓 돌멩이를 그 애가 갖겠다고 하든 안 갖겠다고 하든 그게 무슨 상관이요 대수겠습니까.

어쨌거나 원화에 대한 저의 마음이 미묘하게 달라진 것은 이튿날부터였습니다.

독서 시간이었어요. 여느 때처럼 그 애는 조그맣게 소리 내어 책을 읽었습니다. 내용을 알아들을 수 없는 웅얼거림 속에서 이따금 ㅋ, ㅌ, ㅊ 같은 거센소리들이 도드라지며 제 귓가를 어지럽혔습니다. 독서에 집중할 수가 없었지요. 독서 시간마다 늘 있는 일이었습니다. 그런데 그날은 전에 없이 그 상황이 신경에 거슬렸습니다. 저는 읽고 있던 책을 소리 나게 책상에 내려놓았습니다. 그 애는 아무것도 눈치채지 못한 채 독서에 여념이 없더군요. 더 이상 참을 수가 없었습니다.

"넌 왜 책을 소리 내서 읽어?"

제 목소리가 너무 컸는지 옆 분단에 앉은 여자아이가 저를 돌아보았습니다. 얼마 전 자신의 집으로 친구들을 초대해서 떠들썩하게 생일잔치를 벌였던 아이였어요.

"아, 그냥, 버릇이야."

원화는 그제야 제가 읽다 말고 책상에 내려놓은 책을 보고는 뭔가 이상한 기미를 느꼈는지 뒤따라 책장을 덮었습니다. 흡사 제가 그 애의 독서를 방해한 듯한 상황이 되어버렸지요. 먼저 방해받은 것은 저인데. 그 상황이 못마땅했어요. 물론 원화가 제 질문에 아랑곳하지 않고 계속 책을 읽었다면 저는 더더욱 못마땅했을 겁니다.

옆 분단 여자아이가 저와 원화를 힐끔거리더니 고개를 돌렸습니다. 문득 제가 그 아이의 생일잔치에 초대받지 못한 이유가 원화와 친하기 때문이었을 거라는 생각이 들었습니다. 제가 반 아이들의 생일에 초대받지 못한 것은 처음이었거든요. 저는 그 아이를 썩 좋아하지 않았지만 그렇다고 생일에 초대받지 못했다는 사실이 당연하게 받아들여지는 것은 아니었습니다.

그러자 그동안 제가 반 아이들의 생일 초대를 받을 때마다 번번이 초대받지 못한 원화의 눈치를 보았다는 사실이 떠올랐습니다. 왜 매번 아무 잘못도 없이 친구의 생일잔치에 마음 불편하게 다녀

와야 했는지, 원화가 그 사실을 안다면 왜 제게 미안해하지 않는지, 만약 몰라서 그랬다면 어떻게 그걸 모를 수 있는지, 이도 저도 마음에 들지 않았습니다.

저는 본격적으로 원화를 미워할 이유를 찾기 시작했습니다. 찾을 필요도 없이 그것은 이미 준비되어 있었습니다. 그 애에게 제 물건을 빌려주어야 하는 상황이 싫었습니다. 그 애가 빌려 갔던 멜로디언의 마우스피스에서 나는 시큼한 침 냄새가 싫었습니다. 급식으로 빵과 우유가 나올 때 그 애가 두 가지를 같이 먹지 않고 빵을 다 먹은 다음 우유를 마시는 것이 싫었고, 공책에 필기할 때 뒷장까지 연필 자국이 남도록 꾹꾹 눌러쓰는 것도 싫었습니다. 그 애의 엄지손톱이 두꺼워서 싫었습니다. 앞가르마를 탄 것이 싫었습니다. 웃을 때 잇몸이 보여서 싫었습니다. 매일 독서 시간에 책을 소리 내어 읽는 것은 진저리나게 싫었습니다. 제 짝이라는 것이 싫었습니다. 엄마에게 그 애와 계속 짝이 되게 해달라고 부탁해놓고 이제 와서 짝을 바꿔달라고 할 수도 없는 상황이 싫었습니다. 엄마가 그 애를 특별히 아끼는 것이 싫었습니다. 다 싫었습니다. 그러나 가장 싫은 것은 그 애의 모든 것을 못마땅하게 여기는 동시에 제가 죄책감을 느낀다는 사실이었습니다.

원화는 눈치가 빨랐습니다. 말수가 적어졌고 웃는 일도 줄었습니다. 원래는 방과 후에 늘 저와 나란히 교문을 나서곤 했는데 어느 날부터인가 그 애는 저보다 한 발짝 뒤처져서 걸었습니다. 제 집 대문 앞에 이르러 뒤를 돌아보면 그 자리에 가만히 서 있었어요. 처분을 기다리는 포로처럼 저와 눈도 제대로 마주치지 못했습니다. 그럴 때 그 애의 표정은 뭔가를 참는 것 같기도 했고 애원하는 것 같기도 했습니다. 그럼에도 저는 번번이 숙제를 해야 한다는 핑계로 등 뒤에 그 애를 남겨두고 대문을 닫았습니다.

어느 날 원화는 대문을 닫으려 하는 저에게 편지를 건넸습니다. 정확한 표현은 기억이 안 나지만 너와 화해하고 다시 친하게 지내고 싶다, 내가 잘못했다면 사과하겠다, 내가 어떻게 하면 좋을지 알려달라, 대략 그런 내용의 편지였습니다. 아무엇도 잘못하지 않았으니 사과할 일도 없고 결국 화해라는 것 자체가 불가능했습니다. 상황을 좋아지게 하기 위해 원화가 할 수 있는 일은 없었어요. 저는 답장을 쓰지 않았습니다.

엄마가 저에게 우리가 곧 서울로 다시 이사 가게 되었다고 한 날이었습니다. 그날도 하굣길에 원화가 제 뒤를 따라왔습니다. 대문 앞에서 그 애가 또 편지를 내밀었어요. 저는 순간적으로 화가 치밀었습니다. 그 애에게 쏘아붙이고 싶었어요. 편지 같은 거 써봐야 아무 소용도 없으니 귀찮게 하지 말라고요. 하지만 잠자코 편지를 받았습니다. 어차피 곧 헤어지게 될 거라는 데 생각이 미쳤던 거지요. 제가 서울로 이사하면 다시는 그 애를 볼 일이 없을 거라고요. 아마 그래서였을 겁니다. 그 애 면전에서 대문을 닫는 대신 저는 개천에 가겠느냐고 물었습니다.

여러 날 찾지 않은 개천가는 날이 추워지면서 한층 을씨년스러운 분위기를 풍기고 있었지요. 소머리로 보이는 크고 허연 머리뼈가 수풀이 우거진 곳도 아닌 맨바닥에 보란 듯이 놓여 있었습니다.

사방이 조용한 가운데 우리 둘밖에 없어서 물이 흘러가는 소리가 크게 들렸습니다. 전처럼 돌멩이를 줍는다든가 상류 쪽으로 하염없이 올라가볼 마음은 없었어요. 그건 시간도 오래 걸리고 그만큼 친한 애하고만 하고 싶은 놀이였으니까요. 저는 양말과 신발을 벗고 바짓단을 걷은 다음 물속으로 들어갔습니다. 머리카락 같은 수초가 발등을 간질였고 발바닥에 닿는 돌도 미끌미끌했습니다. 원화가 뒤따라 물에 발을 넣었습니다. 딱히 할 일이 없었던 우리는 물에 떠다니는 과자 봉지며 빈 깡통들을 건져냈습니다. 젖은 쓰레기가 개천가에 쌓였습니다. 그것들을 공연히 막대기로 뒤적이며 제가 말했습니다.

"나 인제 서울로 이사 가."

원화는 이미 알고 있었던 것처럼 무덤덤한 표정이었습니다. 그렇게 잠시 아무 말 없더니 불쑥 혼잣말하듯 무어라 중얼거렸어요. 소리가 너무 작아 알아들을 수가 없었습니다. 마치 독서 시간에 그 애가 책 읽는 소리를 들을 때처럼 짜증이 났습니다.

"뭐라고?"

"서울 가도 계속 편지하겠다고."

"왜?"

"우리는 친구니까."

말끝에 원화는 눈을 내리깔았습니다. 저는 차려 자세를 하고 있는 그 애의 손끝에서 물방울이 땅바닥으로 떨어지는 것을 보고 있었습니다. 제가 대답하지 않자 원화가 눈을 들었습니다.

"편지하지 말까?"

"아냐, 편지해. 대신⋯⋯."

네 말대로 우리가 친구라면. 네가 정말 내 친구로 인정받고 싶다면.

저는 원화에게 방금 전까지 우리가 쓰레기를 건졌던 개천을 가리켰습니다.

"이 물 한번 마셔볼래?"

원화가 저를 쳐다보았습니다.

"이거 깨끗해. 마셔도 되는 물이야."

그 애는 대꾸하지 않았습니다. 그리고 천천히 돌아서서 물가에 쪼그리고 앉았습니다.

제가 왜 그랬을까요. 그건 어떤 마음이었을까요. 원화의 충성심을 확인해보고 싶었던 것일까요. 아니면 그저 원화를 어떤 식으로든 괴롭히고 싶었던 것일까요.

박복석이 집으로 찾아온 것은 그날 밤이었습니다. 그가 인형을 업고 있지 않은 모습을 본 것은 처음이었습니다. 딸이 아프다고 했어요. 배를 움켜쥐고 뒹굴고 있다고요. 물어보는 말에 대답도 못하고 비명만 지르는데, 어떻게 해야 할지 모르겠다고 했습니다. 박복석은 딸이 아픈 이유를 저에게 물었습니다.

"저는 모르겠는데요."

"왜 몰라? 너희 둘이 만날 같이 놀잖아."

박복석이 제 앞으로 한 발 더 다가섰습니다. 그의 말이며 행동이 너무 멀쩡해서 저는 주춤했습니다. 미친 것 같은 게 아니라 미치지 않은 것 같아서 오히려 더 무서웠습니다. 박복석이 아까 둘이 개천에서 놀 때 무슨 일이 있었느냐고 다시 한 번 물었습니다. 제가 재차 모른다고 대답하려는 참이었어요.

엄마가 끼어들었습니다.

"우리 애는 개천에 가지 않아요. 제가 절대 못 가게 하거든요."

그런 다음 엄마는 저를 돌아보았습니다.

"은소야, 너 개천에 안 갔지?"

고개를 끄덕이는 것 말고는 다른 선택의 여지가
없었습니다. 엄마가 박복석을 보며 아이를 타이르
듯 나긋한 어조로 말했습니다.

"그리고 어머님, 요즘은 은소랑 원화랑 같이 놀
지 않아요."

저는 하마터면 엄마에게 그걸 어떻게 알았느냐
고 물어볼 뻔했습니다.

엄마는 박복석에게 우리가 사정이 생겨 곧 서울
로 이사 가게 되었다고, 그래서 애가 요즘 들어 일
부러 원화와 정을 떼려고 같이 안 노는 모양이더
라고 했습니다. 여기서 이러실 때가 아니라고, 빨
리 병원부터 가보시라는 말도 했습니다.

저는 고개를 숙이고 방바닥만 내려다보았습니
다. 엄마가 정말 그렇게 믿고 있는 것인지, 아니면
사실을 다 알고 있음에도 제가 곤란한 일에 휘말
릴까봐 걱정되어 말을 지어내고 있는 것인지 궁
금했습니다. 후자여야 했습니다. 엄마는 거짓말
을 하고 있었습니다. 원화를 위했다면 당장 저를

야단치고 박복석에게 용서를 구하도록 했겠지요. 그러나 엄마는 저를 위해 원화가 아픈 것과 저와는 아무 상관이 없다고 박복석을 속였습니다. 저를 위해서 말이지요. 그때는 그렇게 믿었습니다. 원화의 외할머니가 저번처럼 미신 때문에 그 애를 병원에 안 데려가면 어쩌나, 원화가 죽으면 어쩌나 마음 졸이는 와중에도 저는 엄마가 그 애 아닌 저를 택했다는 사실에 안도했습니다.

원화는 다음 날 학교에 결석했습니다. 그다음 날에도 학교에 오지 않았어요. 엄마가 그 애의 집에 다녀왔습니다. 원화가 도시의 큰 병원에 입원해 있어서 만나지는 못했지만 다행히 복통이 다 나았으며 곧 퇴원할 예정이라는 소식을 전했습니다. 저는 아무 말도 하지 않았습니다. 원화가 죽으면 어쩌나 하던 걱정은 사라졌습니다. 대신 새로운 걱정이 생겼는데, 그것은 그 애가 학교로 돌아오면 제가 어떤 표정을 지어야 할까 하는 것이었습니다.

결과적으로 그것은 쓸데없는 걱정이었어요. 다음 날에도 원화는 학교에 오지 않았으니까요. 그다음 날에도, 또 그다음 날에도 마찬가지였습니다. 일주일이 지나도록 조만간 등교할 거라는 소문만 무성했습니다. 엄마와 제가 그 마을을 떠날 때까지도.

엄마가 사과 한 조각을 포크로 찍어 저에게 내밀었습니다.

"엄마."

"응?"

이제라도 물어보아야 했습니다. 엄마는 그날 제가 원화와 개천에서 놀았다는 사실을 정말로 몰랐던 것인지, 아니면 다 알고도 모르는 체했던 것인지를요. 정말 몰랐다면 이제라도 알려주고 싶었습니다. 아니, 엄마가 다 알고 있었다 해도 그날 그곳에서 무슨 일이 있었는지까지는 몰랐을 테니 다 털어놓고 싶었습니다. 그날 개천에 있었다고요. 그날 제가 원화에게 그 더러운 개천의 물을 먹였다고요. 그래서 서울로 올라온 후에도 가끔 어쩌면 그 애가 죽었을지도 모른다는 생각을 했다고요. 네, 알아요. 그까짓 개천 물 한 모금 마신 걸로 사람이 죽을 가능성은 거의 없다는 것. 원화와 제가 매일같이 그 물에 손발을 담그고 놀았는데 가

벼운 피부병 한 번 걸린 적 없으니 그거 조금 마셨
다고 설마 죽을 리도 없다는 것. 그러니 그 애가 설
령 그때 그 복통으로 죽었다고 해도 그것은 저와
아무 상관이 없는 비극이리라는 것. 저도 압니다.
지금도 그렇게 믿고 있고요. 그러나 세상 사람들
대부분이 동의할 그 믿음은 제가 마지막으로 원화
를 보았을 때 그 애가 개천 물을 마시고 있었다는,
그것이 제가 기억하는 원화의 마지막 모습이라는,
세상에서 오직 저만 아는 진실 앞에서 아무 맥을
추지 못했습니다. 이 모든 이야기를 엄마는 모르
셨겠지요. 짐작도 할 수 없으셨겠지요.

"알지. 내가 못 가게 했던 거. 그 개천이 어디 좀
더러웠니?"

"그럼 엄마는 제가 정말 거기 안 갔다고 믿으신
거예요?"

"그렇지. 내가 가지 말라고 했으니까."

"……."

"왜?"

"그때 원화가 아파서 계속 결석했었잖아요."

"그랬었나? 그런데?"

"박복석 아줌마가, 원화네 엄마가 우리 집에 막 찾아왔던 거 기억 안 나요?"

"얘는. 그런 걸 어떻게 다 기억하니? 그게 언제 적 애긴데."

엄마는 오히려 저를 재촉했습니다.

"그런데? 계속해봐. 그 개천 얘기는 또 뭐고?"

어처구니없게도 엄마는 기억하지 못했습니다. 원화는 기억했지만 저와 친하게 지낸, 집안 형편이 어려운 아이라는 것 정도가 엄마의 머릿속에 남은 전부였습니다. 박복석에 대해서도 그의 이름은 기억하지 못했습니다. 그가 원화의 엄마라는 것과 남들 보기에 조금 모자란 행동을 했다는 정도로만 기억하고 있었지요.

결국 저는 그쯤에서 이야기를 얼버무렸습니다. 엄마가 기억하지도 못하고 궁금해하지도 않는 일을 털어놓는다는 것이 무의미했습니다. 저는 엄마에게 원화가 결코 잊을 수 없는 아주 특별한 아이일 거라 생각했지만 그것은 단지 저의 생각일 뿐이었어요.

"그건 그렇고."

엄마에게 원화 이야기는 '그건 그렇고' 한마디로 넘겨버릴 수 있는 사소한 옛날이야기에 지나지 않았던 거지요. 사과 조각을 입에 넣었습니다. 아무 맛도 느껴지지 않았습니다.

"봉수 말이야."

"네?"

저는 포크를 내려놓았습니다.

"너 그 사람 어디가 좋아?"

"착하잖아요."

엄마가 귤 한 쪽을 입에 넣더니 몹시 시다는 듯 눈살을 찌푸렸습니다.

"착하고, 성실하고, 항상 나를 위해주고."

말은 그렇게 했지만 저는 말하는 저와 생각하는 제가 분리된 것처럼 속으로 그러게, 봉수 선배가 왜 좋을까 생각하고 있었습니다. 그는 착하고, 순수하고, 항상 저를 배려해주고, 좀 어수룩해 보이지만 실은 머리도 좋고 이른바 스펙도 나무랄 데 없는, 객관적으로도 장점이 많은 사람이었습니다.

"그리고 또?"

엄마는 여전히 인상을 쓴 채로 귤을 씹고 있었

습니다.

"왜요, 엄마? 그 사람이 마음에 안 들어요?"

"아니 뭐, 마음에 안 든다기보다는……."

엄마가 벽시계를 보더니 오늘은 너무 늦었다며 자리에서 일어났습니다.

"내일 다시 얘기하자. 엉뚱한 얘기만 하다가 시간 다 갔네."

원화 이야기를 일컫는 것이었죠. 저야말로 엄마가 저에게 할 말이 있다던 것이 봉수 선배 이야기였을 줄은 몰랐기에 조금 떨떠름한 상태였습니다. 물론 봉수 선배 이야기야 할 수 있지요. 사윗감 이야기인데 당연히 해야지요. 하지만 선배와 저의 장래에 대한 이야기가 아니라 그의 어디가 좋은지 모르겠다는 불만을 엄마가 그런 식으로 돌려 말할 줄은 몰랐습니다.

"원화가 참 착한 애였지."

갑작스러운 원화의 재등장에 귀가 번쩍 뜨였습니다.

"착하고, 성실하고, 똑똑하고…… 참 불쌍한 애였지."

엄마는 탁자 위의 접시들을 한쪽으로 치우다 말고 사과 한 조각을 입에 넣었습니다.

"환경이 조금만 받쳐줬으면 진짜 크게 잘됐을 앤데."

그리고 그 맛도 없는 사과를 사각사각 소리 내며 맛있다는 듯 계속 씹었습니다.

"모르겠다. 엄마는 그냥."

어쩐지 가슴이 서늘해지는 기분이었습니다.

"그냥 뭐?"

"그냥 좋은 사람 만나서 잘 살았으면 좋겠다."

원화에게 하는 말인지 저 들으라는 소리인지 알 수 없었지만 아무래도 상관없었습니다. 엄마와 이야기하는 동안에도 계속 머리가 지끈거렸는데 별안간 두통이 한꺼번에 걷히는 것 같았어요. 네, 엄마 말이 맞았습니다. 원화는 착하고, 성실하고, 똑똑하고, 그리고 참 불쌍한 아이였습니다. 누구보다도 제가 더 잘 알았습니다. 그 애는 저의 단짝 친구였으니까요.

일요일이 되자 날씨가 많이 풀렸습니다. 봉수

선배가 입고 온 겨울 점퍼가 부담스러워 보일 정
도로 따뜻했어요. 그와 제가 앉아 있는 공원 벤치
앞으로 반팔 티셔츠 차림의 남자들이 앞서거니 뒤
서거니 조깅을 하며 지나갔습니다. 이제 정말 봄
이구나 싶었지요.

선배는 제 이야기를 잠자코 들어주었습니다. 저
는 며칠 전 박물관 완전정복 프로그램을 진행하던
날 있었던 일을 이야기하고 있었어요.

남자아이 두 명이 서로 치고받고 싸웠습니다.
초등학교 4학년 남자아이와 5학년 남자아이였어
요. 둘은 학년이 달랐지만 부모끼리 친구여서 아
이들도 친구처럼 형제처럼 친하게 지내는 사이
였습니다. 특히 4학년 아이가 5학년 아이를 끔찍
이 따르고 챙겼지요. 어쩌다 싸움이 시작되었는지
는 모릅니다. 인솔 교사 말로는 5학년 아이가 먼
저 4학년 아이를 밀쳤다고 합니다. 4학년 아이도
지지 않고 맞섰지만 힘으로 5학년 형을 이길 수는
없었겠지요. 뒤로 계속 밀리던 아이는 급기야 5학
년 형에게 소리쳤습니다. 야, 이 언청이 병신아!

언청이라는 표현도 병신이라는 표현도 너무 폭

력적이고 언청이를 병신으로 부르는 것은 더더욱 폭력적이지만, 그런 것을 다 떠나 5학년 아이는 언청이가 아니었습니다. 다만 윗입술과 인중에 걸쳐 흉터가 있었어요. 보기 흉할 정도로 크지는 않았지만 위치 때문에 볼 때마다 눈에 띄는 흉터였습니다. 순식간에 주변의 모든 아이들이 그들을 에워쌌습니다. 모두 5학년 아이의 입술을 주시했지요. 그 아이는 화내지 않았습니다. 아무 말도 하지 않았고 상대의 멱살을 잡거나 주먹을 휘두르지도 않았어요. 그저 제자리에 그대로 서서 부들부들 떨기만 했습니다. 그 추운 날 그 아이의 머리카락이 온통 땀으로 젖어 얼굴에 들러붙는 것을 아이들은 끝까지 지켜보았습니다. 인솔 교사가 그 아이를 다독여주는 동안에도. 4학년 아이가 돌아서서 다른 곳으로 가버린 후에도요.

제가 하고 싶었던 이야기는 그 아이들이 그날의 일을 잊을 수 있을까 하는 것이었습니다. 5학년 남자아이는 많은 사람들 앞에서 친하게 지내던 동생으로부터 모욕적인 말을 들은 기억을 지울 수 있을까요? 4학년 남자아이는 자신이 친한 형에게 그

런 말을 했다는 기억으로부터 자유로워질 수 있을
까요? 둘의 관계는 회복될 수 있을까요? 아니, 어
쩌다 그렇게 되었을까요? 그렇게 친하게 잘 지내
던 형에게 어쩌다 그런 모진 말을 할 생각이 들었
을까요? 초등학생이니까, 어리니까, 그냥 아무 이
유 없이 그랬다고 넘어갈 수 있을까요?

봉수 선배는 모르겠다고 했습니다. 제가 갑자기
그런 이야기를 꺼내는 이유도 모르겠다고 했어요.
그래서 저는 원화 이야기를 꺼냈습니다.

그 마을을 떠나기 얼마 전이었으니까 그 애와의
관계가 슬슬 소원해져가던 무렵의 일이었습니다.
체육 시간이었고 우리는 발야구를 하고 있었습니
다. 원화와 저는 서로 다른 팀이었습니다. 제가 속
한 팀이 1점 차이로 앞서고 있었어요. 원화네 팀이
투아웃 상태에서 마지막 공격을 하고 있었지요.
그러니까 그 판만 잘 버티면 우리 팀의 승리였어
요. 저는 수비수로 3루를 지키고 있었습니다. 원화
는 주자로 1루에 서 있었어요. 원화 팀 아이가 공
을 찼어요. 공이 아주 멀리 날아갔습니다. 원화는
잽싸게 1루에서 2루로 뛰었지요. 2루를 밟고 3루

로 달려오는 사이에 공을 쫓아갔던 우리 팀 수비
수가 마침내 공을 잡아서 저에게 던졌어요. 그것
을 제가 무사히 받기만 하면 원화는 아웃이요, 우
리 팀의 승리였습니다. 공을 향해 힘껏 팔을 뻗었
어요. 그러나 손이 공에 닿는 찰나 저는 전속력으
로 뛰어오는 원화의 몸에 부딪혀 땅바닥에 넘어지
고 말았습니다. 공을 놓친 것은 물론이고요. 저는
분을 못 이기고 나를 밀면 어떡하느냐고 소리쳤습
니다. 원화가 곧바로 대꾸했어요. 니가 먼저 진로
방해했잖아! 그 애는 잠시도 지체하지 않고 3루에
서 다시 홈으로 뛰었습니다. 넘어지면서 까진 팔
꿈치가 아픈 것보다도 약이 올라서 견딜 수가 없
었습니다. 저는 뛰고 있는 그 애의 등에 대고 외쳤
습니다. 또라이 박복석 딸 주제에! 그 애는 물론이
고 모든 아이들이 다 들을 수 있을 만큼 큰 소리로
요.

　네, 그랬습니다. 원화는 결국 홈베이스를 밟았
습니다. 제가 공을 잡느라 허둥대는 사이에 공을
찼던 아이까지 홈으로 들어가면서 우리 팀은 역전
패를 당했지요.

체육 시간이 끝나고 교실로 들어간 다음 원화와 저는 나란히 옆에 앉았습니다. 짝이었으니까요. 원화는 아무 일도 없었다는 듯 굴었습니다. 저도 그랬어요. 하지만 저는 원화가 분명히 제가 한 말을 들었다는 것을 의식하고 있었지요. 그 애가 그것을 못 들은 척 행동하고 싶어 한다는 것도요. 그래야 저와 계속 친구로 지낼 수 있을 테니까요.

우리는 그 후 그 일을 결코 입 밖으로 내지 않았습니다. 그렇지만 저는 자주 생각했습니다. 그 애를 볼 때마다 그 일이 저절로 떠올랐어요. 아무리 사이가 멀어졌다고 해도 저는 어쩌면 친구에게 그렇게 상처가 되는 말을 쉽게 할 수 있었을까요. 초등학생들 싸움이 원체 유치하다지만, 운동경기처럼 승부를 가리는 상황에서 일어나는 다툼은 특히나 즉흥적이고 감정적이라지만, 저는 제 말 속에 들어 있던 즉흥적이지도 감정적이지도 않던 그 견고한 악의를 생생하게 기억합니다. 우연히가 아니라 의도적으로 그 애에게 상처를 주고자 했던 저의 깊고 단단했던 진심을요.

"에이, 그건 좀 오버고."

선배가 고개를 저었습니다.

"너무 어렸던 거지. 그래 봤자 초등학생이었으니까."

그러면서 자기반성도 지나치면 정신 건강에 해로우니 이제 원화 이야기는 그만하는 게 좋겠다고 했습니다. 천만에요. 저는 원화 이야기를 하려는 것이 아니었습니다. 선배 이야기를, 그와 저의 이야기를 하려는 것이었습니다. 그러기 위해 그토록 장황하게 원화 이야기가 필요했고 윗입술과 인중에 흉터가 있는 아이 이야기가 필요했던 거지요.

머리가 아팠습니다. 손바닥으로 이마를 짚어보았습니다. 열은 없었습니다.

"너 안색이 안 좋아."

"……"

"은소야."

그가 제 어깨를 가볍게 쥐었다 놓았습니다.

"너 괜찮아? 어디 아픈 거 아니야?"

저는 그를 물끄러미 바라보았습니다. 제가 언젠가 홈베이스로 뛰어가는 그의 뒤통수에 대고 이 병신 또라이야, 하고 외치게 될까봐 두렵다는 말을 차마 할 수가 없었습니다. 그렇게 모진 말로 상처 줄 만큼 저의 감정이 악화되기 전에 우리 관계를 그만 정리하고 싶다는 말이 도저히 나오지 않았습니다.

그의 어디가 좋았느냐는 엄마의 질문에 똑 부러지는 대답을 내놓지 못한 것은 애초에 똑 부러지는 대답이 없었기 때문이었습니다. 착각이었다고 말할 수는 없었으니까요. 회사 사람들이 선배에 대해 함부로 말하면 화가 났던 것이 제가 선배를 좋아하고 있었기 때문인 줄 알았는데 아니었다고. 선후 관계가 바뀌었다고. 제가 그를 좋아하는데 사람들이 그를 무시하니까 화가 난 게 아니라, 사람들이 그를 무시하는 것에 화가 나서 그를 좋아하게 되었던 거라고. 그런 말은 하지 않는 편이나을 테니까요. 엄마를 위해서도, 그를 위해서도.

오랫동안 저의 연인이었던 사람을 알고 보니 제가 그다지 사랑하지 않더라는 사실을, 사랑이라고 믿어왔는데 그것이 처음에는 연민이었고 그 후에는 그저 관성이었음을 알아버린 기분이 참담했습니다.

"있잖아. 내가 생각해봤는데."

그도 저를 가만히 내려다보았습니다.

"······."

"우리, 당분간 떨어져 있는 게 좋을 것 같아."

"뭐라고?"

그가 튕기듯 상체를 일으키는가 싶더니 난데없이 딸꾹질을 시작했습니다. 잠깐만, 하고 끅끅거리면서도 그는 지금 그게 무슨 소리냐고 물었습니다. 표정은 절박한데 팔자 눈썹 때문인지 딸꾹질 때문인지 부조리극의 한 장면처럼 우스꽝스러워 보이기만 했습니다. 웃지 않으려고 일부러 공원 저쪽 어딘가에 눈길을 주며 저는 말했습니다. 처음에는 원화가 안쓰러워서 그 애를 아끼고 염려했다고요. 그러나 나중에는 그런 저 자신이 더 안쓰러워져서 그 애를 멀리하게 되었다고요.

저는 그런 사람이었습니다. 연민이 중요한 사람. 그러나 그 연민이 곧 아무것도 아닌 게 되어버려도 아무렇지 않은 사람. 선배에게는 아무 잘못이 없었습니다. 원화에게 아무 잘못이 없었던 것처럼.

그는 다시 벤치에 등을 기댔습니다. 그리고 저처럼 공원 저편 어딘가를 멍하니 바라보았습니다. 노부부를 따라 산책 나온 조그만 강아지가 우리 벤치 앞을 지나가다가 돌연 우리를 향해 맹렬하게 짖어댔지만 그의 눈은 여전히 먼 데 고정되어 있었습니다.

황당했겠지요. 이게 대체 어찌 된 일인가, 무엇이 어디서부터 잘못되었나 싶었겠지요. 그리고 아마 원화 때문이라고 생각했을 겁니다. 거기서 더 거슬러 올라가 횡단보도에서 만난 그 여자까지 떠올렸을 수도 있고요. 정리하자면 제가 어느 날 길에서 모르는 여자에게 뒤통수를 얻어맞았고, 그 여자에 대한 불안과 공포에 사로잡혀 있다가 어린 시절 친구가 등장하는 꿈을 꾸었고, 그 친구에 대한 기억을 더듬다가 사실은 선배를 사랑하지 않는다는 결론을 내리고 그에게 이별을 통보한 셈이니까요. 알지도 못하고 만난 적도 없는 이상한 여자 때문에 결혼하기로 한 오래된 연인에게 이별 통보를 받게 되었다니. 그에게는 마치 한파에 수도관이 얼어붙어 당장 세수도 못 하게 생겼는데, 그 원인이 자그마치 지구 상공의 제트기류가 힘을 잃으면서 북극의 찬 공기가 밑으로 내려왔기 때문이라는 텔레비전 날씨 뉴스를 볼 때처럼 비현실적이고 어처구니없는 상황이었을 겁니다.

선배는 한동안 주먹을 쥐었다 폈다 쥐었다 폈다를 반복했습니다.

"그래. 무슨 말인지 알겠어."

그러더니 자리에서 일어났습니다.

"니 마음이 정 그렇다면 차분히 생각할 시간을 가져보자."

그의 반응이 의외로 너무 고분고분해서 도리어 제가 얼떨떨해졌습니다.

저도 그를 따라 일어났습니다. 우리는 자연스럽게 공원 입구로 향했습니다. 그가 앞에서 걷고 제가 그의 뒤를 따랐습니다. 둘 다 말없이 걷기만 했습니다. 공원을 벗어나면서 그가 집으로 갈 거냐고 물어서 제가 그렇다고 대답한 것이 유일한 대화였습니다. 우리는 지하철역이 있는 방향으로 계속 걸었습니다.

횡단보도 앞에 이르렀습니다. 신호가 녹색에서

적색으로 막 바뀐 참이었습니다. 우리는 공원 벤치에서 일어선 후 처음으로 나란히 섰습니다. 그의 옷차림이 너무 후줄근해 보여서 바지 무릎이 튀어나와 있겠거니 했는데 웬걸, 그의 바지는 말끔했습니다. 바지도 셔츠도 집에서 나오기 전에 막 다린 듯 구김 하나 없었습니다.

"내가 자주 전화할게."

선배가 심호흡을 하더니 저를 보지 않고 맞은편 신호등을 보며 말했습니다.

"마음을 정리하는 데 얼마나 걸릴지 모르지만 내가 자주……."

"아니야, 선배."

제가 그의 말을 잘랐습니다. 어쩐지 일이 너무 순조롭게 풀린다 싶었는데, 그는 아직 상황 파악을 제대로 하지 못하고 있었습니다.

"전화하지 마. 때가 되면 내가 할게."

"……."

"언제가 될지 모르지만, 마음이 정리되면 내가 연락할게."

"그럼 나는 기다리기만 하라는 거야?"

"……."

그가 저에게 고개를 돌렸습니다.

"언제까지?"

할 말이 없었습니다. 다시 침묵이 이어졌습니다. 그리고 곧 신호등에 녹색불이 들어왔습니다.

"하지 마."

저는 순간 제가 잘못 들은 줄 알았습니다.

"씨발, 하지 말라고."

뒤통수에서 번쩍하고 불꽃이 튀는 느낌이었습니다. 퍼뜩 고개를 돌렸습니다.

아무도 없었습니다. 착각이었을까요. 저는 횡단보도 앞에 혼자 서 있었습니다. 저만치 빠르게 걸어가고 있는 선배의 뒷모습이 보였습니다.

사랑의 위기

오양진

우리는 혼자가 아니라는 사실을 알기 위해 소설을 읽는다. 소설의 서사적 경험에 참여하게 되면 동일한 경험의 공유만이 허락하는 공생의 기분을 선물로 받는다. 소설은 범속한 일상 속 평범한 개인에 대한 탐구를 통해 고통과 슬픔으로 괴로워하고 눈물짓는 사람이 나만은 아니라는 연결의 느낌을 제공한다. 경험의 공동화는 무엇보다도 위안의 경험이 되는 것인데, 이것은 나와 이웃 사이의 경계를 허물고 유대감을 자라나게 해 우리는 함께 살 수밖에 없는 존재라는 깨달음을 견인한다. 공생과 연결의 기술을 통해 옹졸한 마음을 밀어내고 친절한 감정을 자아내어 소설은 결국 타인에 대한 연민과 사랑의 체계가 된다. 소설은 우리가 외롭지 않고 서로 결속되어 있다는 것을 환기하면서 타자의 환대를 위한 너그러운 마음을 배양한다고 할 수 있다. 소설은 신의 은총을 기대할 수 없는 세상에서 우리가 구원받을 수 있는 거의 유일한 방법이자 희망이다.

소설은 사실 태생부터 '사랑의 형식'이었다. 근대 이래 초월성의 퇴조와 더불어 태양계 내 한 작은 행성의 외로운 승객이 되었다는 실존적 자각은 사람들의 근본적 기분을 불안으로 물들였다. 신이 있다면 그가 우리를 구원하겠지만 그가 없다면 우리가 뮌히하우젠 식 자기 구제의 방법을 동원하지 않으면 안 되었는데, 이러한 휴머니즘의 심란한 비전은 인류의 우주적 고립무원에 대한 서사적 응전을 긴급히 요청하였다. 소설은 바로 선험적 고향을 상실한 그때로부터 시작된 우리의 불안을 감당하기 위해 우주 속 홀로됨을 자각한 사람들이 신의 은총을 대신할 인간적 구원의 가능성을 서로 연민하고 사랑하는 일에서 찾은 서사적 해결책이었다. 구원을 신성이 아니라 인간성에서 찾을 수밖에 없다면 우리는 너그럽고 친절한 마음을 함양함으로써 서로를 도울 수밖에 없었는데, 여기서 서술의 스케일과 묘사의 디테일을 결합한 소설 형식은 실존적 불안으로 교착된 허무한 삶의 거의 유일한 대안으로 간주되었던 것이다. 우리가 서로 연결되어 있음을 가리키는 서술과 나보다 타인에게 관심을 집중하도록 이끄는 묘사는 실제로 연민과 사랑의 마법을 가능하게 만들었다. 연민의 감정을 진작하고 사랑의 태도를 고양시키는 데서 자기 형식의 의무를 발견했던 소설은 그렇게 현재의 우리 앞에 놓이게 된다.

최근 한국 소설은 사랑의 고양을 목표로 하는 자기 형식 내부에 이른바 '타자의 윤리학'을 장착함으로써 역사적 요청에 부응하는 서사적 임무를 더욱 적극적으로 실행하고 있다. 착한 사람, 좋은 사람, 친절한 사람, 무해한 사람 등 각별한 호명 속에서 타인의 존재에 주목하는 문학적 경향이 특히 젊은 작가들의 소설 사이에서 두드러지는 것은 그와 무관하지 않다. 나의 자기동일성 바깥에서 해맑은 얼굴로 다가오는 타자적 현존을 통해 누군가의 적대적 위협이 아니라 어떤 누구와도 공존 가능한 친절한 호의와 무해한 선성을 보여주려는 것은 자아의 경계심과 그 완강한 높이를 낮추기 위한 윤리적 시도로서 그 의미가 작지 않다. 그러나 현재의 서사적 흐름 안에서 산견되는 어떤 타자성의 출현은 역설적이게도 견고한 정체성의 성벽을 더욱 뚜렷이 확인시켜줄 뿐인 것으로 보인다. 왜냐하면 친절하고 무해한 이웃의 형상은 사람들이 현실 속에서 마주치는 실제의 인물이라기보다는 현실 안에서 만나기 어렵기에 간절히 바라게 되는 소망적 투영물인 듯하기 때문이다. 요즘 한국 문학에 나타나는 착하고 무해한 타자들은 실제로 이질적 존재의 침입으로 자아의 동일성이 훼손되는 것을 두려워하는 마음을 드러내는 이데올로기적 캐릭터에 가깝다. 젊은 작가들이 그리는 그런 타자성은 이웃의 악마적 돌변을 근심하는 자아의 두려움과 공포의 결과이지 이웃의 선량함을 오해한 자아의 부끄러움과 수치의 소산이 아니라고 할 수 있다. '사랑의 형식'이 내장한 '타자의 윤리학'은 여기서 좌절되고 만다.

이 윤리학의 좌절은 물론 우리 형식의 실패라고 말하기에 앞서서 우리 현실의 실패라고 해야 맞다. 소설은 결코 윤리적 실천을 멈춘 적이 없다. 하지만 현실은 항상 그 실천의 장애물이었다. 지구적 현실을 돌이켜볼 때 동일성과 타자성 사이에 가로놓인 경계선은 쉽게 넘을 수 있는 것이 아니었다. 전체주의적 야만에 대한 끔찍한 20세기적 경험에도 불구하고, 아니 오히려 그 때문에 인류는 '차별'이라는 단어를 지우고 그 자리에 '차이'라는 낱말을 정성 들여 기입하는 정치적 진보를 이룩했지만, 넓은 마음을 가져야 한다는 당위의 목소리는 자아 주변에 이기주의의 해자를 설치해온 좁은 마음의 존재론 앞에 언제나 쉬어버리고는 하였다. 사람들은 타인을 자아의 어두운 그림자로만 간주하는 윤리적 맹목에서 계속 벗어나지 못했던 것인데, 21세기 이후 이러한 상황은 호전되기는

커녕 악화일로에 있다. 새로운 세기와 함께 들이 닥친 테러리즘은 인간의 마음이 얼마나 자만, 증오심, 적대감, 공격성 등으로 가득 차 있는지를 그 어느 때보다 선명하게 부각함으로써 소설이 자임해온 사랑의 서사적 실천에 절망의 암운을 드리웠다. 그러나 진짜 절망은 코로나 팬데믹과 더불어 도래하고 있다. 국제 정치의 역학 차원에서 선악 대립의 정체성 지옥을 축성한 테러리즘에 더해, 팬데믹은 생체 권력의 지배하에 타자성을 억압하는 자아의 감옥을 요새화함으로써 이 고독한 행성을 돌이킬 수 없는 혐오의 감정으로 뒤덮은 것처럼 보인다. 가뜩이나 성별 갈등과 세대별 반목의 확산으로 서로가 '벌레'가 되어버린 우리 사회의 경우는 특히나 코로나 상황을 통해 공동체의 파탄을 암시하는 신호들을 곳곳에서 목격하게 된다.

한국 사회는 이제 '충蟲 균菌 아我'로 들끓는 '동일성의 감옥' 그 자체라고 해도 지나친 말은 아니다. 그리고 이것은 사실상 우리의 소설에서 사랑의 고양이라는 서사적 소임이 더욱더 막중해졌음

과 동시에 더욱더 어려워졌음을 가리킨다. 해결
이 어려운 갈등과 반목을 소거해 속 좁은 자아 심
리를 넓은 대양의 감정 윤리로 지양해가는 사랑의
서사적 실천에서 이전의 문학적 실패를 다시 반복
하지 않으려면 '타자의 윤리학'을 내장한 '사랑의
형식'으로서의 소설이 무엇이 되어야 하는지 그
방향성을 진지하게 묻지 않을 수 없다. 사랑의 심
각한 위기 국면에서 서사적 대응은 어떤 것이 되
어야 할까? 무엇보다 『일주일의 세계』라는 소설을
눈여겨보아야 하는 것은 바로 그 질문의 순간이
다.

　　김미월의 『일주일의 세계』는 30대 초반의 직
장 여성 정은소의 어느 '일주일'에 관한 이야기를
들려준다. 그러나 그녀가 인물이자 화자로 등장해
직접 들려주는 자신의 이야기는 월요일부터 일요
일까지 한 주일의 시간 단위가 지시하는 것과 다
르게 일상적이지도 평범하지도 않다. '세계'라는
어휘의 공간적 확장성은 이미 그 점을 암시하고
있는 것처럼 보인다. 이 직장 여성의 한 주간은 '사

랑의 형식'으로서 소설이 새롭게 추구해야 할 어떤 방향성을 함축한다는 점에서 특별하기도 하고 예외적이기도 하다. 『일주일의 세계』는 우리에게 친근하고 범속한 요소들로 사랑의 서사적 실천에서 일어난 '오래된 미래'의 서사가 되고 있는 것인데, 여기서 김미월 소설의 주요 모티프와 에피소드 들은 불가피하게 상징적 성격을 띠게 된다. 여주인공이 월요일 출근길을 서두르며 종로 한복판 어느 횡단보도에 서 있다가 경험하는 느닷없는 사건은 그 첫 번째 예라고 할 수 있다. 그녀는 정체불명의 여자에게 자신의 뒤통수를 두 번이나 가격당하는 돌연하고도 황당한 일을 겪게 되는데, 이것은 말할 나위 없이 '타자의 윤리학'을 구축하고자 하는 소설들이 종종 서사적 출발점으로 애용하는 낯선 타자의 갑작스러운 침입을 보여준다. 그 소설들은 타자와의 조우를 반성의 기회로 삼는 서사적 구조화를 통해 그러한 시작의 윤리적 결과를 보여주는 일도 허다하다. 아닌 게 아니라 그 여자 때문에 강박적 불안과 공포에 빠져들던 정은소는 수요일 밤 악몽까지 꾸게 된 뒤 문득 오원화라는 어린 시절 단짝 친구를 기억해내고 그 아이 이야기를 털어놓는다. 그리고 자신의 죄를.

　일단 '경찰'과 'CCTV'는 사법적 감시의 질서로 대변되는 동일성의 어두운 감옥을 상징한다는 점에서, 또한 오원화라는 타자적 현존의 상기는 그 감옥의 동일성으로부터 벗어나는 일의 윤리적 필요를 암시한다는 점에서, 『일주일의 세계』는 흔한 '사랑의 형식'으로 쉽사리 예단될 수 있다. 실제로 정은소는 과거 초등학교 시절 자신의 단짝 친구에게 저질렀던 못된 짓에 대해 죗값을 치르려는 듯 현재 타자성의 또 다른 형상인 봉수 선배에 대해 연민 섞인 애정을 갖고 있을 뿐만 아니라 그것의 완성을 위해 그와 결혼까지 할 심산도 있는 듯하다. 대학 시절 "나잇값도 못 하고 킷값도 못 한다는 뜻"의 "나이키"(17쪽)로 불리고 또 직장 생활 중엔 "고문관"(19쪽)으로 불리며 놀림감이 되곤 했던 봉수 선배에게서 안쓰러움을 느낀 여주인공은 "그저 저만이라도 선배의 편이 되어주어야겠다"(20쪽)는 선의를 가지고 그와 목하 연애 중이다. 그런가 하면 그녀가 일하는 어느 학원의 원장이 이 사설 교육기관의 박물관 탐방 프로그램에 대한 설명회에서 참가 아동의 학부모들에게 뻔한 일장 연설을 공식처럼 늘어놓는 장면은, 그 프로그램 실무자로서 초등학생들의 탐방을 안내하는 여주인공이 '널리 알되 정밀하게 알지 못한다'는 뜻의 "박이부정博而不精의 미학"(31쪽)에 대해 자조하는 대목과 상징적으로 대비됨으로써, 동일성에서 타자성을 빼내어 구제할 수 있는 진정한 환대의 가능성을 시사하기도 한다. 이웃과의 관계에서 자신이 상처받을 수 있다는 것을 알면서도 그 위험에 자신을 스스럼없이 위치시키는 '정이부박精而不博'의 서사적 행로는 사실 '타자의 윤리학'을 실현하고자 하는 '사랑의 형식'에 특징적인 것이라 해서 크게 틀린 말은 아니다.

그러나 '좋은 사람'이라는 표상과 결합한 소설의 윤리학을 자신 있게 포착해냈다는 독후감은 『일주일의 세계』의 중반부에서부터 서서히 무너진다. 화요일 봉수 선배의 프러포즈를 받은 후 토요일에 엄마와 저녁 약속을 잡아 상견례 자리를 갖기까지, 정은소가 기억의 형식에 담아 들려준 오원화의 이야기는 감동적인 미담이 아닌 것으로 판명된다. 여주인공의 이야기는 20년 전 초등학교 교사였던 엄마가 어떤 산촌으로 근무지를 옮기면서 시골 초등학교로 전학을 가게 된 자신이 거기서 제 "엄마가 또라이라는 악담"(53쪽)으로 따돌림을 당하던 오원화에게 안타까움 섞인 연민의 감정을 느끼고 그녀를 단짝 친구로 삼게 되는 사연에서 그치지 않는다. "되게 착한 어린이"(58쪽)로서의 윤리적 모습을 보여주던 정은소는 오원화와의 특별한 우정에도 불구하고 그 시골 학교를 떠나가던 즈음의 시간에는 완전히 다른 사람으로 다가온다. 그녀가 "세상에서 오직 저만 아는 진실"(97쪽)이라며 오원화에게 반강제로 오염된 개천의 물을 마시게 했고 또 "또라이 박복석 딸 주제에!"(105쪽)라는 고약한 말을 던지고 떠나왔던 그때의 잘못과 죄에 대한 어두운 회고적 삽화를 발설하는 순간 '타자의 윤리학'은 그만 종적을 감춘다. 『일주일의 세계』라는 '사랑의 형식'에서 "소외

된 친구에게 스스럼없이 다가갔던 이야기"(73쪽)는 일종의 심리학적 전환을 통해 친절한 선의 안에 도사리고 있던 "견고한 악의"(106쪽)를 마침내 드러낸다.

  도대체 무슨 일이 있었던 것일까? 사실 오원화에 대한 정은소의 선의는 처음부터 악의로의 변이 가능성을 품은 것이었다. 상대에 비해 우월한 자기라는 것을 항상 확인하고자 하는 자아의 기본 욕구를 타인의 환대 요청에 부응해야 한다는 윤리적 의무감에 내어주는 일은 우선 양심에서 오는 죄책감을 벗어던지게 하며 시혜적 우쭐함이라는 심리적 보상을 제공해주고 일정하게 정체성의 보존을 가능케 하는 동안은 어느 정도 기꺼운 것일 수 있다. 실제로 오원화에 대한 정은소의 선의와 우정이 훼손되지 않는 것은 그 둘 사이의 가족적 유사성, 즉 누군가의 인정을 받기 위해 최선을 다하고 있다는 동질성과 편모슬하라는 동종성이 그녀에게서 빈번히 상기될 때이다. 하지만 정은소가 오원화와의 친밀한 유사성에서 자아 정체성이 아니라 피아간 무차별성을 감지하는 순간은 그녀로 하여금 "마음이 미묘하게 달라진 것"(86쪽)이 되게 한다. "뚜껑 달린 조그만 철제 상자"(79쪽)에 얽힌 그 시절의 한 에피소드는 그런 미묘한 변화의 순간을 특히 흥미롭게 보여준다. 개천가에서 주운 돌멩이 하나를 "우리의 공동 소유물"(83쪽)이라면서 그 철제 상자에 넣으려는 친구의 행위가 그걸 가지라고 말하는 여주인공의 선심을 무색하게 하는 그 장면은 나와 너를 구분 짓고자 했으나 그걸 거절당하는 모욕적 경험을 통해 그녀의 자존심을 곧추세우도록 만드는 것이다. 여주인공이 자기 확인 과정에서 길어 올리던 친구에 대한 안쓰러움의 감정은 여기서 그 무차별성 속에 억압되어 있던 자기 자신에 대한 안쓰러움의 감정으로 바뀐다. 책과 준비물, 심지어 엄마의 관심과 애정조차 공동화해버린 친구는 이제 여주인공에게 신경에 거슬리고 참을 수 없는 짜증과 분노를 불러일으키며 못된 짓을 촉발하기까지 하는 대결 상대가 되는데, 이것은 무엇보다 모욕당하고 자존심을 다친 자아의 복수이자 억압된 자기의 방출이라는 의미를 띤다.『일주일의 세계』는 결국 윤리적 의무감의 비대화가 자아 감각의 과잉 억압으로부터 자존 욕구의 내압 상승을 야기함으로써 자아의 괴물스런 맨얼굴이 고개를 내밀도록 하는 '서사적 아이러니'로 우리를 안내한다.

　김미월의 서사는 그런 점에서 "'그건 그렇고' 한마디로 넘겨버릴 수 있는 사소한 옛날이야기"(99쪽)가 분명 아니다. 그렇다고 선의와 우정의 이야기도 아니며 죄와 잘못의 재발 방지를 바라는 속죄의 이야기는 더더욱 아니다.『일주일의 세계』는 선의와 우정이 적대감과 악의의 온상이 될 수도 있다는 아이러니를 '타자의 윤리학'이라는 이상형으로 덮어버리지 않고, 심란하지만 정직한 응시를 통해 우리를 인간 심리의 실상과 존재의 진실이 거느리는 복잡성으로 이끄는 소설이다. 그런데『일주일의 세계』의 '서사적 아이러니'는 여기서 멈추지 않는다. 이 소설의 아이러니는 결말에 가서 다시 한 번 등장하는데, 정은소의 또 다른 변심을 다루는 그 부분은『일주일의 세계』에서 가장 빛나는 대목이자 작가적 솜씨가 크게 돋보이는 순간이라고 할 수 있다. 김미월의 소설은 여주인공이 과거 한 친구에게 범한 죄를 떠올리고 자성을 통해 윤리적 자아의 복원을 모색하며 현재의 애인에 대한 안쓰러운 연민을 온전한 사랑으로 발전시키는 그런 희망의 서사로 종결되지 않는다. 상견례 다음 날 정은소와 봉수 선배의 일요일 데이트는 어이없게도 여자의 돌연한 결별 선언으로 마감된다. 그녀의 마음에서 일어난 심리적 반전의 이유를 짐작할 길 없는 남자는 그 부당함에 울컥해서 "씨발"이라는 욕설을 입에 올리게 되고, 거부당했으며 따라서 모욕받았다고 생각하는 자아의 분노한 "뒷모습"(113쪽)을 남김으로써, 회복할 길 없는 절망과 파국을 보여준다. 한 커플에게 도래한 사랑의 위기는 그 욕설에 얹힌 아이러니의 무게감으로 우리의 마음을 다시금 어지럽게 짓누른다.

사실 정은소의 변심에 따른 봉수 선배와의 결별은 악의가 선의로부터 자라날 수 있다는 이야기를 거의 동일하게 들려준다고 할 때 오원화에 대한 정은소의 변심으로부터 이미 확인한 바 있는 '서사적 아이러니'의 발생반복처럼 보인다. 그러나 이 사랑(과 그 좌절) 이야기는 그 우정(과 그 좌절) 이야기와 같으면서도 다르다. 한 친구에 대한 기억을 더듬고 난 후 여주인공은 자신의 마음속에 자리 잡게 된 한 남자에 대한 사랑이 그를 무시하고 조롱하는 사람들에 대한 도덕적 분노에서 발원한 관성적 측은지심 이상은 아니었음을 깨닫는다. 윤리적 의무감이 지나치게 억압한 자아 감각이 어느 순간 고개를 쳐들지 모른다는 두려움 때문이었겠지만, 이어서 그녀는 "모진 말로 상처 줄 만큼 저의 감정이 악화되기 전에 우리 관계를 그만 정리하고 싶다는 말"(108쪽)을 곱씹게 된다. 그런데 친구에 대한 변심에서 억눌린 자아의 방출이라는 반대급부의 심리학을 도출하듯이 애인에 대한 변심을 이해한다면 인간 심리에 잠재된 악마적 모멘트를 놓칠 공산이 크다. 친구에 대한 기억 이전에 애인에 대한 변심이 시작되고 있었다는 사실에 주목해야 하는 것은 바로 그 때문인데, 아닌 게 아니라 정은소는 오원화를 떠올리기 이전부터 봉수 선배에 대한 애정의 미묘한 변화를 노정한다. 화요일에 애인이 건넨 청혼 반지를 받아 끼고 "반지가 조금 작아서 뺄 때 애먹을 것 같았지만 티 내지 않았"(27-28쪽)다는 대목에서부터 감지된 그녀의 변심은 토요일 상견례 자리에서 실로 뚜렷해진다. 애인이 장모가 될 사람에게 늘어놓는 즐거웠던 데이트 이야기는 자신의 기억과는 다른 것이어서 그녀에게 황당한 느낌과 함께 어떤 반발심마저 촉발한다. 이별하겠다는 마음은 아마도 한참 된 것이었겠지만 그쯤 견고하게 굳어졌던 것으로 짐작된다. 마음에 들지 않는 애인과 헤어지고자 하는 욕망은 바야흐로 윤리적 의무감 위에 쌓아 올린 애정과 충돌하지 않을 수 없게 되는데, 정은소는 놀랍게도 그런 충돌의 불편한 긴장을 해소하기 위해 "자기반성"(107쪽)이라는 서사의 도입을 필요로 했던 것으로 보인다. 그러니까 잘못과 죄를 운운하며 친구를 떠올리는 자성의 서사는 애인을 향한 이별 통보에 윤리적 알리바이를 부여해 결과적으로 여주인공에게 자기 욕구와 도덕 감정 모두를 만족시키는 아주 교활한 심리적 책략으로 작용

하는 것이다. 여주인공의 변심이 이번에 드러내고
만 자성의 위험한 이용은 더 복잡하고 그래서 더
심란한 '서사적 아이러니'를 보여줌으로써 사랑의
위기를 넘어 사랑의 불가능성조차 환기하고 만다.

　　우리는 현실에서 심화하고 있는 사랑의 위기에
대한 서사적 응전으로서 '타자의 윤리학'이 나아
가야 할 온당한 방향에 대해 물은 바 있다. 그 대
답을 찾기 위해서 우리는 『일주일의 세계』에 대
한 주목을 요청했고 그렇게 해서 지금까지 그 소
설을 함께 읽어왔다. 그런데 김미월의 소설이 들
려준 그 이야기에서 역설적이게도 또 다른 사랑
의 위기, 아니 사랑의 파탄을 조우하게 된 일은 대
부분의 독자들에게 어떤 의문을 불러일으킬 것이
다. 어쩌면 배신감을 느끼는 독자가 있을지도 모
르겠다. 인간의 괴물스런 악마성을 확인하는 것
이 중요한 문제라며 동문서답하듯이 만약 『일주
일의 세계』에서 박물관 탐방 프로그램을 진행하
던 날 있었던 두 초등학생의 싸움 이야기, 요컨대
형제처럼 끔찍이도 따르며 친하게 지내던 두 아이

가 모욕적 조롱으로 서로 등 돌리고 만 또 하나의 '서사적 아이러니'를 꺼내 들고, 아빠의 부재 이유를 정확히 말하지 않는 엄마는 가감 없는 정은소의 미래이고, 우리는 모두 언제나 '혼자'가 되고 만다는 식으로 이웃 사랑의 21세기적 불가능성이라는 메시지를 계속 발신하려 한다면, 아마 몇몇 독자들은 한 도덕적 냉소주의자의 악취미에 더 이상 끌려다니지 않겠다며 책을 덮어버릴지도 모른다. 그러나 우리는 소설의 윤리적 비전을 버리지 않았다. 우리가 버리고자 하는 것은 사실 어떤 당위의 목소리인데, 당위는 이러지 말고 저래야 한다고 주장함으로써 대개 흑백논리의 유혹에 빠지는 경우가 많다. 겉치레의 위선에 흡족해하는 우리가 이런 자기기만적 심성을 거점 삼아 괴물과 악마를 퇴치한다면서 스스로 괴물과 악마가 되어버리는 것은 바로 이 대목에서이다. 소설의 윤리학이 자라날 비옥한 토양은 무엇보다도 이럴 수도 있고 저럴 수도 있다는 것을 포용하는 회색의 영토에서 찾지 않으면 안 된다. 인간의 마음에는 선의도 있고 악의도 있다는 이중적 복잡성을 이해할 때 비로소 우리는 연민과 사랑의 현실을 기대해볼 수 있다. 그렇다면 『일주일의 세계』의 '서사적 아이러니'가 거듭 보여주는 선과 악의 오우로보로스적 형상들은 그 진실성을 통해 우리의 주목에 부응하고 있다고 해야 옳을 것이다.

소설이라는 '사랑의 형식'은 '아이러니의 서사' 위에 자신의 윤리학을 구축한다. 이웃들 간에 이해와 관용의 가교를 놓고 연민과 사랑을 확장해야 한다며 윤리학적 당위의 목소리를 낼 경우 오히려 소설은 아무것도 아닌 것이 된다. 소설은 자신에게 고유한 아이러니의 형식을 통해 '도덕적 순수주의moral purism'가 계산하지 못하는 존재의 사실성과 그 도덕적 복잡성에 주의를 기울일 경우에만 역설적으로 '도덕적 사실주의moral realism'라는 형태의 '타자의 윤리학'을 이룩한다. 타인들의 삶과 현실 속으로 들어가보는 서사적 경험이 인간에게 주는 사랑의 선물은 우리가 서로를 공감하고 이해할 수 있는 착한 존재라는 윤리적 허상 속에서 자족할 때가 아니고 우리가 그다지 사랑스러운 존재가 아니라는 존재론의 진실을 겸허히 수용할 때 주어진다. 소설의 윤리적 가치는 한마디로 착해지는 데서가 아니라 아이러니해지는 데서 생겨난다. 따라서 이것이 저것이 될 수 있고 저것이 이것이 될 수 있다는 아이러니의 고양을 통해 편협한 마음을 관대한 마음으로 바꾸는 일은 사랑의 에토스를 달성하는 데 중요한 서사적 경험이 된다고 할 수 있다. 과감하게 말해서, 소설의 유일한 도덕은 아이러니다. 우리에게는 신이 없지만 대신 이렇게 소설이 있다. 특히 김미월의 『일주일의 세계』라는 소설이.

작가의 말

길에서 모르는 사람에게 얻어맞은 적이 있다.

스무 살 때였다. 춘천 팔호광장, 지금은 사라지고 없는 태양서적 앞 횡단보도에서 나는 두 친구와 나란히 보행신호를 기다리고 있었다. 셋 다 웃고 있었으니 아마 시답잖은 농담을 주고받고 있었을 것이다. 그때 아무 조짐도 기척도 예고도 없이, 갑자기 누군가 내 뒤통수를 퍽 후려쳤다. 너무 세게 맞아서 순간 눈앞이 다 캄캄했다. 뒤돌아보자 거기 시커먼 목도리로 코와 입을 가린 웬 여자가 서 있었다.

이 사람은 누구인가. 아는 사람인가, 모르는 사람인가. 왜 나를 때렸지. 내가 뭘 잘못했나. 혹시 나를 다른 사람으로 착각한 걸까.

여자와 내가 서로 마주 보았던 몇 초의 시간 동안 오만 가지 생각이 머릿속을 스쳤다. 친구들이 앞으로 나서자 여자는 가버렸고 상황은 종료되었다. 하지만 한번 든 오만 생각은 끝없이 이어져 그 후로도 이따금 어느 밤이나 어느 낮에 불쑥불쑥 나를 팔호광장으로 호출하고는 했다. 그렇게 선 횡단보도 앞에서 나는 생각했다.

착각이 아니었다면.

그 사람이 다른 누구 아닌 정확히 나를 겨냥하고 때린 것이었다면.

그렇다면 누구인가, 기필코 때려야 했을 만큼 내게 깊은 원한을 가진 그는. 우리 사이에 무슨 일이 있었던 걸까. 아니, 가만있자. 지금 나는 맞아야 할 만큼 누군가에게 큰 잘못을 저질러놓고도 그 일을 기억조차 하지 못하고 있다는 말인가. 어떻게 그럴 수가 있나.

이 소설 『일주일의 세계』는 그 질문에 대한 답을 고민하는 과정에서 쓰였다. 과정일 뿐 결과는 아니어서 아마 나는 앞으로도 종종 그 횡단보도에 불려 갈 것이다. 그렇게 그 자리를 서성이다 보면 언젠가 그럴듯한 답을 찾을 수도 있지 않을까.

그나저나, 고맙다는 인사가 늦었다. 그러니까 20여 년 전 그때 뒤통수를 감싸 쥔 채 얼이 빠져 아무 말도 못하던 나 대신 침착하게 여자 앞을 가로막았던 친구들에게 말이다. 당신 누구예요? 내 친구를 왜 때려요? 당신 지금 뭐 하는 거냐고요…….

그때 그들이 없었다면 나는 평심을 되찾기까지 훨씬 더 오래 걸렸을 것이다. 그 후에도 이따금 그곳으로 불려 가는 것이 아니라 그곳에 영영 지박

령처럼 붙박여 살아야 했을지도 모른다. 천천히
그 상황과 거리를 두고 그것을 객관화할 수 있게
된 것, 그리하여 마침내 이 소설을 쓰게 된 것도 결
국 그들 덕이다.

지희之熙, 종미鍾美, 그들의 이름을 고맙다는 말
과 함께 이 지면에 단단히 새겨둔다.

2021년 초여름, 춘천 칠전동에서
김미월

일주일의 세계

지은이 김미월
펴낸이 김영정

초판 1쇄 펴낸날 2021년 6월 25일

펴낸곳 (주)현대문학
등록번호 제1-452호
주소 06532 서울시 서초구 신반포로 321(잠원동, 미래엔)
전화 02-2017-0280
팩스 02-516-5433
홈페이지 www.hdmh.co.kr

ISBN 979-11-90885-84-3 04810
       978-89-7275-889-1 (세트)

* 책값은 뒤표지에 있습니다.

〈현대문학 핀 시리즈〉는 당대 한국 문학의 가장 현대적이면서도 첨예한 작가들을 선정, 월간 『현대문학』 지면에 선보이고 이것을 다시 단행본 발간으로 이어가는 프로젝트이다. 여기에 선보이는 단행본들은 개별 작품임과 동시에 여섯 명이 '한 시리즈'로 큐레이션된 것이다. 현대문학은 이 시리즈의 진지함이 '핀'이라는 단어의 섬세한 경쾌함과 아이러니하게 결합되기를 바란다.